東西学術研究所研究叢書第15号
日本言語文化学研究班

日本言語文化の内と外

村田　右富実　編著

関西大学
東西学術研究所

はじめに

主幹　村田　右富実

二〇一九年度から二〇二一年度までの三年間、関西大学東西学術研究所の日本言語文化学研究班は、「日本言語文化の内と外」をテーマに研究を続けてきた。研究班は研究員四名と客員研究員二名がその中心を成している。本書もこのメンバーの執筆による研究成果である。

三年間を振り返ると、初年次こそ順調に活動を続けることができたが、その後は、新型コロナウイルス感染症の流行拡大とどのように折り合いを付けるか、手探りの状態で進んだ。本研究班に限ったことではなく、ほとんどの研究活動が鈍化する中、個人研究への比重の高まりとその限界を知らされた三年間であった。幸い、オンラインでの研究会を開催する方法も確立されたが、オンライン開催だと参加者は増えるけれども、質疑応答は不活発になる。勿論、遠方からの参加によるプラスの効果はあるものの、やはり対面での緊張感はなかなか得られないというのが実感である。そして、休憩時間や研究会終了後に交わされる雑談とも質疑応答の続きともつかない会話の重要性を痛感した。

しかし、その一方において、個人研究にとってこの三年間が決して無駄ではなかったことは、本書をお読み頂ければご理解いただけよう。ここで一つ一つの論文について個別に触れることはしないけれども、上代文学から近代文学まで、「日本言語文化の内と外」のテーマにふさわしい一冊となっている。本書を手に取られた方が、ご自分の研究に隣接する領域の論にも目を通して頂けることを祈っている。

二〇二三年一月

関西大学東西学術研究所研究叢書
日本言語文化学研究班

日本言語文化の内と外

目　次

『万葉集』の「やど」・「には」・「その」・「しま」

村田右富実

一　はじめに

万葉歌に見える、居宅周辺の空間呼称には、「ヤド」、「ニハ」、「ソノ」、「シマ」[1]が認められる。これらの名詞はそれぞれどのような空間として歌われているのだろうか。『時代別国語大辞典　上代編』（三省堂　一九六七年―以下『時代別』）は、これらについて、

やど［屋外・屋前・宿］（名）ヤは家、トは処の意か。❶家のあるところ。家のある辺り。家のまわりの庭をさすこともある。❷家。❸宿。泊るところ。

には［庭］（名）❶事を行なうための場所。仕事をするための場所。❷家屋の前後の空き地。庭。❸広い水

面。海面。

その［苑］（名）庭園。技巧的に造られたシマと違って、もっぱら草木や野菜などを植える場所。

しま［嶋・山斎］（名）池や築山のある庭園。林泉。水に臨んで築山などがあるところを島に見立てていったものか。


と記す。この定義自体に大きな問題があるわけではない。また、これまでの先行研究においても、おおむねこのような把握のもとに論が組み立てられている。本稿も基本的に『時代別』の記述を認めるものである。ただ、これらの空間呼称の輪郭はもう少し明確にすべきではあるまいか。たとえば、旅人の梅花宴歌である、

我がソノに（和何則能尓）　梅の花散る　ひさかたの　天より雪の　流れ来るかも　（5・八二二）

の「ソノ」について積極的に「庭園」としているのは、『全釈』[2]、『増訂全註釈』、『旧大系』に留まり、多くの注釈書は「ソノ」について特段の言及はない。ところが、この旅人歌への追和歌である、

みソノフの（御苑布能）　百木の梅の　散る花し　天に飛び上がり　雪と降りけむ　（17・三九〇六）

における「みソノフ」を「庭園」とする注釈は、『全釈』、『増訂全註釈』、『旧大系』、『全集』、『注釈』、『集成』、『全注』、『新編全集』、『釈注』、『新大系』、『全解』、『全歌講義』、『和歌大系』に及ぶ。たとえば『全注』は、

「園」は単なる庭でなく、鑑賞や遊覧のために造られた庭園で、漢詩文学の素材であった（戸谷高明「万葉歌小考―庭園をめぐって―」国語と国文学昭和四十四年十月）。「園」は時代の判る歌では、いずれも奈良時代以降にしかなく、とくに巻五の梅花の宴の歌とその関係歌に圧倒的多数の用例が見られる。（橋本達雄氏『万葉集全注　巻第十七』有斐閣一九八五年）

と、戸谷論文に依拠しつつ、積極的に「ソノ」を「庭園」と定義する。しかし、戸谷論文では、書かれた時代的

な問題もあるのだろうが、やまとことばの「ソノ」と非和文中の〈苑〉、〈園〉[3]や『日本書紀』の古訓などを特に区別することなく論じられており、十巻本『和名類聚抄』の、

園圃　四聲字苑云、園圃〈猨浦二音、和名曽乃、一云曽乃布〉所㆔以種㆓蔬菜㆒也（『箋注倭名類聚抄』「田野類」巻一・七十九オ）

という、およそ「庭園」とはかけ離れた記事を引きつつも、「ソノ」を「庭園」としている。しかも、この『和名抄』の記事は、『職員令』の、

掌らむこと、諸の苑、池のこと。蔬菜樹菓等を種ゑ殖ゑむ事（『職員令』50園池司条）

とも類似し、奈良時代における〈苑〉、〈園〉の性格をよくあらわしている。「ソノ」を「庭園」として把握してしまう背景には、『万葉集』における漢詩文の受容に対する過度なバイアスの存在があったのだろう。あらためて、これらの空間呼称について考えたい。具体的な論に入る前に、用例数などの基本的な情報を確認しておく。

「ヤド」（全一二二例）はこの中では最も意味の範囲の広いことばである。[4] たとえば、

君待つと　我が恋ひ居れば　我がヤドの（我屋戸之）　簾動かし　秋の風吹く（4・四八八）

は、建築物としての家を含むけれども、

我がヤドに（吾屋戸尓）　韓藍蒔き生ほし　枯れぬとも　懲りずてまたも　蒔かむとそ思ふ（3・三八四）

の用例では、建築物を含まない。さらに、

岩ヤドに（石室戸尓）　立てる松の木　汝を見れば　昔の人を　相見るごとし（3・三〇九）

にあっては、伝説の人物が住んでいたという洞穴をあらわしている。『時代別』も指摘するように「ヤド」は、「屋＋処」が意味の中心であり、居宅を中心として住人の管掌の及ぶ範囲を示しているのだろう。

次に「ニハ」（全二十九例）は、後に「場《ば》」となることを考慮しても、何らかの目的を持って作業を行う空間の呼称と思われる。[5] 作業場としての「ニハ」は、

〜もむにれを　五百枝はぎ垂れ　天照るや　日の異に干し　さひづるや　韓臼に搗き　ニハに立つ（庭立）手臼に搗き〜（16・三八八六）

に典型的にあらわれている。

また、「ソノ」（全二十一例）には、多くの竹や木が存在する場合のあったことが次の例からわかる。

みソノフの（御苑布能）百木の梅の　散る花し　天に飛び上がり　雪と降りけむ（17・三九〇六）

みソノフの（御苑布能）竹の林に　うぐひすは　しき鳴きにしを　雪は降りつつ（19・四二八六）

『時代別』の「草木や野菜を植える場所」という把握が適切と考えられる。

最後に「シマ」（全九例）は、用例数がすくないものの、

妹として　二人作りし　我がシマは（吾山齋者）木高く繁く　なりにけるかも（3・四五二）

と歌われるように、人工的に整備された空間である。ただし、「島」と関係づけて、「池や築山のある庭園」（『時代別』）とまで把握できるかとなると、この歌の原文が「山齋」[6] であるところから見ても、疑問が残る。

本稿では、以上のような枠組み把握のもと、植物との関係からこれら四種類の空間呼称について論を進める。

二　ともに歌われる草、木、花

まず、萩、梅といった植物の種類名ではなく、草、木、花がそれぞれの空間とともに歌われる用例を見ておく。[7]

最初に草は、

ヤド—六例（「影草」は種類名ではなく物陰に生えている草と解した）

①我がヤドの（吾屋戸之）夕影草の　白露の　消ぬがにもとな　思ほゆるかも（4・五九四）

②我がヤドの（吾屋戸之）草の上白く　置く露の　身も惜しからず　妹に逢はざれば（4・七八五）

③影草の　生ひたるヤドの（生有屋外之）夕影に　鳴くこほろぎは　聞けど飽かぬかも（10・二一五九）

④草深み　こほろぎさはに　鳴くヤドの（鳴屋前）萩見に君は　いつか来まさむ（10・二二七一）

⑤我が背子に　我が恋ひ居れば　我がヤドの（吾屋戸之）草さへ思ひ　うらぶれにけり（11・二四六五）

⑥ほととぎす　来鳴きとよめば　草取らむ　花橘を　ヤドには植ゑずて（屋戸尓波不殖而）（19・四一七二）

ニハ—一例

⑦ニハ草に（庭草尓）村雨降りて　こほろぎの　鳴く声聞けば　秋付きにけり（10・二一六〇）

ソノ—なし

シマ—一例

⑧み立たしの　シマの荒磯を（嶋之荒礒乎）今見れば　生ひざりし草　生ひにけるかも（2・一八一）

と分布する。「ヤド」の草は、④⑤⑥の例に顕著なように、雑草を表している。「ニハ」に登場する草⑦は「ヤド」の③④と同じように「こほろぎ」の鳴く草むらである。また、「ソノ」に草は登場しない。最後に「シマ」の一例も、本来ならば生えるはずのない雑草の意と見てまちがいない。単独の草は基本的に雑草の類を意味しており、あえて栽培するような植物ではなかったと思われる。

次に、木は、次の三例のみ。

ヤド―一例

①我がヤドの（吾屋前之）　冬木の上に　降る雪を　梅の花かと　うち見つるかも（8・一六四五）

ニハ―なし

ソノ―なし

シマ―二例

②妹として　二人作りし　我がシマは（吾山斎者）　木高く繁く　なりにけるかも（3・四五二）

③君が行き　日長くなりぬ　奈良路なる　シマの木立も（志満乃己太知母）　神さびにけり（5・八六七）

「ヤド」の一例（①）の木は、梅の木と見てよい。梅の木の存在していた「ヤド」があったことは間違いない。「シマ」の②は、旅人の亡妻挽歌であり、この次の歌が、

我妹子が　植ゑし梅の木　見るごとに　心むせつつ　涙し流る（3・四五三）

であることから、梅の木と思われる。③は不明だが、奈良の「シマ」に「木立」と呼ぶにふさわしい木が植えられ、賞美の対象となっていたことがわかる。

最後、花の用例は以下の通り。

ヤド—二例

①我がヤドに（吾屋前尓）　花そ咲きたる　そを見れど　心も行かず～（3・四六六）

②妹が見し　ヤドに花咲き（屋前尓花咲）　時は経ぬ　我が泣く涙　いまだ干なくに（3・四六九）

ニハ—二例

③娘子らが　玉裳裾引く　このニハに（許能尓波尓）　秋風吹きて　花は散りつつ（20・四四五二）

④秋風の　吹き扱き敷ける　花のニハ（波奈能尓波）　清き月夜に　見れど飽かぬかも（20・四四五三）

ソノ—なし

シマ—なし

「ヤド」は、二例とも家持の亡妾悲傷歌中のものである。この花は、直前の3・四六四番歌に、

秋さらば　見つつ偲へと　妹が植ゑし　ヤドの撫子（屋前乃石竹）　咲きにけるかも（3・四六四）

と歌われる撫子と思われる。一方、「ニハ」の二例は、「（天平勝宝七歳〈七五五〉八月十三日、内の南安殿に在して肆宴したまふ歌二首」であり、宴席の空間としての「ニハ」をあらわしている。

以上、草、木、花の用例を見てきた。用例数をまとめると上の表の通り。「ヤド」に用例数が多いのは当然であるが、「ソノ」に一例もない点は注目に値しよう。稿末の表（30ページ）にゴチックで示したように、「ソノ」は、これら四種の空間呼称の中でもっとも植物の登場する率が高いものである。にもかかわらず、こうした分布をすることは、「ソノ」とともに歌われる植物は、その植物名が重要であることを示していよう。やはり、「ソノ」は『時代別』も指摘するように「もっぱら草木や野菜などを植える場所」であり、雑草や野の

	草	木	花
ヤド	6	1	2
ニハ	1	0	2
ソノ	0	0	0
シマ	1	2	0

花などは存在しない、存在しても不要なものであり、現代語の「畑」や「果樹園」に近い空間としてあったと理解すべきである。

裏返せば、特段種類を示さずに歌われる植物は、「ヤド」の草に代表されるような、その空間に自生している植物なのであろう。

次に、具体的な植物名との関係を見てゆく。

三　ともに歌われる植物名

稿末の表（30ページ）にあるように、四種の全ての空間に共通して歌われる植物はない。ただし、これは、「シマ」の歌数が少ない点に起因する可能性を否めない。ただ、「シマ」を除く三種の空間呼称とともに歌われる植物も、梅、橘、柳（「やなぎ」、「やぎ」は区別していない）に限られ、これら三種が万葉歌にあって居宅周辺に存在する代表的な植物と考えてよい。一方、萩は「ヤド」以外には登場しない。また、同表中、下線を付した葦、梓、菅、松は、『万葉集』中に数多く歌われるけれども、居宅周辺の植物として登場することは少ない。おそらく、こうした植物は自生のものが中心であり、あえて居宅周辺に植えるようなものではなかった可能性が高い（居宅から遠いところで栽培されていた可能性は否定できない）。

そして、意味範囲の広い「ヤド」を除外して、二つ以上の空間で歌われている植物は、先の三種（梅、橘、柳）を除くと、李（「ニハ」、「ソノ」各一例。19・四一四〇）のみである。空間呼称としての「ニハ」、「ソノ」、「シマ」は相互に排他性が高いといわざるをえない。ただし、それが空間の機能上の違いなのか、具体的な空間の相違かは、この表からでは判断できない。

四　植えられた（蒔かれた）植物名

そこで、それぞれの空間に「植う（蒔く）」と表現される植物を考えたい。それらは、少なくとも歌表現上その空間に外部から持ち込まれた植物であり、何らかの意図をもって栽培されているものだからである。

「ヤド」（全一二二例）と「植う（蒔く）」とが関係して歌われる例は、次の十四首。

①我がヤドに（吾屋戸尓）　韓藍蒔き生ほし　枯れぬとも　懲りずてまたも　蒔かむとそ思ふ（3・三八四）
②橘を　ヤドに植ゑ生ほし（屋前尓殖生）　立ちて居て　後に悔ゆとも　験あらめやも（3・四一〇）
③我妹子が　ヤドの橘（屋前之橘）　いと近く　植ゑてし故に　成らずは止まじ（3・四一一）
④秋さらば　見つつ偲へと　妹が植ゑし　ヤドの撫子（屋前乃石竹）　咲きにけるかも（3・四六四）
⑤去年の春　い掘じて植ゑし　我がヤドの（吾屋外之）　若木の梅は　花咲きにけり（8・一四二三）
⑥我がヤドに（吾屋外尓）　蒔きし撫子　いつしかも　花に咲きなむ　なそへつつ見む（8・一四四八）
⑦恋しけば　形見にせむと　我がヤドに（吾屋戸尓）　植ゑし藤波　今咲きにけり（8・一四七一）
⑧手寸十名相　植ゑしく著く　出で見れば　ヤドの初萩（屋前之早芽子）　咲きにけるかも（10・二一一三）
⑨我がヤドに（吾屋外尓）　植ゑ生ほしたる　秋萩を　誰か標刺す　我に知らえず（10・二一一四）
⑩～いぶせみと　心なぐさに　撫子を　ヤドに蒔き生ほし（屋戸尓末枳於保之）　夏の野の　さ百合引き植ゑて～（18・四一一三）

⑪ほととぎす　来鳴きとよめば　草取らむ　花橘を　ヤドには植ゑずて（屋戸尓波不殖而）（19・四一七二）

⑫～はろはろに　鳴くほととぎす　我がヤドの（吾屋戸能）　植ゑ木橘　花に散る　時をまだしみ　来鳴かなく　そこは恨みず～（19・四二〇七）

⑬～繁山の　谷辺に生ふる　山吹を　ヤドに引き植ゑて（屋戸尓引殖而）　朝露に　にほへる花を　見るごとに　思ひは止まず　恋し繁しも（19・四一八五）

⑭山吹を　ヤドに植ゑては（屋戸尓殖弖波）　見るごとに　思ひは止まず　恋こそ増され（19・四一八六）

内訳は以下の通り。橘＝4例、萩＝2例、撫子＝3例、山吹＝2例、梅＝1例、韓藍＝1例、藤＝1例、百合＝1例。「ヤド」には最低でもこれら八種類の植物が栽培されていたことを確認できる。居所の周辺に様々な植物が植えられて（蒔かれて）いたことは間違いない。

一方、「ニハ」、「ソノ」、「シマ」（合計五十九例）に「植う（蒔く）」と表現された例は次の一首しかない。

①雪のシマ（雪嶋）　巌に植ゑたる（巖尓殖有）　撫子は　千代に咲かぬか　君がかざしに（19・四二三二）

しかも、この撫子は、左注に「ここに、積雪重巌の起てるを彫り成し、奇巧に草樹の花を綵り発す。」と記されているように、造花であり実際に栽培していたものではない。ただし、雪で作り上げた「シマ」に撫子の造花を添えるのが不自然でなかったように、「シマ」に撫子が存在しても不思議ではなかったろう。

また、その歌の表現には存在しないが、他の歌から判明する例もある。

①我妹子が　植ゑし梅の木　見るごとに　心むせつつ　涙し流る（3・四五三）

この例は、前述のように梅が「シマ」に植えられていたことの証しである。「シマ」の手入れを貴族（の妻）がしていたことをも証する。

見てきたように、植物が植えられる空間は「ヤド」が大勢を占め、それ以外の空間に植物を植えたり蒔いたりする歌はほとんどない。この状況は、いかに「ヤド」の用例が多いとはいっても、甚だしい偏在である。以下簡単にまとめておく。「ニハ」はそもそも何かを植える空間ではなかったのだろう。また、「ソノ」は多くの植物が植えられていたはずであるが、それは歌表現に登場しない。そして、「シマ」には撫子や梅が賞美の対象として植えられていた（植えられていいても不思議ではなかった）。

なお、歌表現に「植う」を持ち、題詞や左注によって、その植物が〈庭〉(8)に存在していたことのわかるものが二例ある。つづいて、この〈庭〉について論を進める。

五　〈庭〉――非和文中の用例――

歌表現に「植う」を持ち、その題詞（左注の用例なし）に〈庭〉が見えるのは次の二例。

①一本の　撫子植ゑし　その心　誰に見せむと　思ひそめけむ（18・四〇七〇「庭中の牛麦が花を詠む歌」）

②うちなびく　春とも著く　うぐひすは　植ゑ木の木間を　鳴き渡らなむ（20・四四九五「内庭に仮に樹木を植ゑ以て林帷と作し肆宴を為したまふときの歌」）

①は、越中にいた家持が僧・清見を送る宴席歌である。題詞に「庭中の牛麦が花を詠む歌」とあり、撫子が「庭中」に存在していたことがわかる。『万葉集』にはもう一例「庭中」があるが、これは後述するとして、何よりも『古事記』、『日本書紀』、『続日本紀』、『風土記』、『懐風藻』における〈庭〉を通覧する必要があるだろう。

まず、『古事記』に〈庭〉は十六例。うち固有名詞が七例あり、残る九例は「朝庭」（三例）、「沙庭」（二例）、

「堅庭」（一例）、「大庭」（一例）、「獦庭」（一例）、「庭中」（一例）と分布するが、「庭園」を意味するものはない。①と同じ「庭中」は、口子臣が石之日売を訪れる場面にあり、

A其の雨を避らずして、前の殿戸に参ゐ伏せば、違ひて後の戸を出で、後の殿戸に参ゐ伏せば、違ひて前の戸に出でき。爾くして、匍匐ひ進み赴きて、庭中に跪きし時に～（『仁徳記』）

と、石之日売の居所の前の意で用いられている。これは、『篆隷万象名義』が「庭」に対して「堂前」とすること（七帖七ウ）と一致する。

次に、『日本書紀』の〈庭〉は一〇五例。うち、人名が十三例、動詞が一例。残る九十一例中、「朝庭」（三十六例）、「掖庭」（五例）のように実際の空間か否か明瞭ではない例もあるが、それ以外は、「南庭」（七例）、「殯庭」（四例）のように、建物の前の空間（堂前）の用例ばかりである。そうした中で、①と同じ「庭中」はB～Hの七例を数える。

B爰に烏賊津使主、命を承りて退り、糒を裀の中に裹みて坂田に到る。弟姫の庭中に伏して言さく、「天皇の命を以ちて召す」とまをす。（允恭七年十二月条）

C仍りて七日を経るまでに庭中に伏せり。（允恭七年十二月条）

D是に大唐の国信物を庭中に置く。（推古十六年八月十二日条）

E共に引きて南門より入り、庭中に立つ。（推古十七年十月九日条）

F以ちて三宝を恭敬し、飛鳥河の傍に家せり。乃ち庭中に小池を開れり。仍りて小嶋を池中に興く。故、時人、嶋大臣と曰ふ。（推古三十四年五月二十日条）

G亦、栗隈采女黒女、庭中に迎へて大殿に引入る。（舒明即位前紀）

H是の日に、小墾田儛と高麗・百済・新羅三国の楽を庭中に奏す。（天武十二年正月十八日条）

この中で「庭園」と関係ありそうな例はFだが、これも堂前に池を掘り、島を作り、その池や島が「山斎」のようなので、「嶋大臣」と呼ばれたと理解すべきだろう。蘇我馬子は「嶋大臣」であって「庭大臣」ではない。『日本書紀』にあっても〈庭〉、「庭中」に「庭園」の意味を見出すことはできない。

続いて、『続日本紀』の〈庭〉は全一四四例。うち人名や地名が七十八例。残る六十六例中「朝庭」（三十五例）が過半数を占める。それ以外では、「闕庭」（三例）、「掖庭」（一例）、「椒庭」（一例）など、やはり『日本書紀』と同じような分布を見せ、ここでも「庭園」の意の用例は見当たらない。そして「庭中」は、次の四例だが、やはり「庭園」の意は見出しがたい。

I難波宮に恠を鎮む。庭中に狐の頭断絶れてその身無き有り。但し毛屎等は頭の傍に散り落ちたり。（天平十三年〈七四一〉閏三月十九日条）

J河内国司言さく。「右京の人尾張王、部内古市郡古市里の田家の庭中に、白亀一頭を得つ。長さ九分、闊さ七分、両の目並赤し」とまをす。（天平十七年〈七四五〉十月二十八日条）

K「〜自餘の衆は闇裏くしてその面を見ず。庭中にして天地と四方とを礼拝み、共に塩汁を歃り、〜」（天平宝字元年〈七五七〉七月四日条）

L「去ぬる四月晦日、赤雀一隻有りて皇后宮に集たり。或は翔りて庁の上に止り、或は庭中に跳び梁ぬ〜」（延暦四年〈七八五〉五月十九日条）

また、漢語「庭中」を見ると、

籌は室中には五扶、堂上には七扶、庭中には九扶。（『礼記』投壺）

堂上に流塵生じ、庭中に緑草滋し。（『文選』巻三一、劉休玄「擬行行重行行」）

は、堂前の意に用いられる一方、

庭中の左右に、朝堂、百寮の位あり。（『文選』巻一、班孟堅「西都賦」）

襲、何為れぞ庭中にある（『文選』巻三二、屈平「九歌四首」湘夫人）

のように宮廷内の意にも用いられるものもある。上代の「庭中」が漢語であるか否かの判断はさておくとしても、「庭園」の意味は見出せず、堂前の意と解して問題ない。

『懐風藻』の〈庭〉は十三例、人名の一例を除いた十二例は、「後庭」（後宮）、「天庭」（天界の宮廷）、「禊庭」（上巳の宴の場）などもあるが、「庭園」の可能性を否めないものは次の二例。

M庭燠けくして将に草滋らむとし、林寒けくして未だ花笑かず。（七五「初春於左僕射長王宅にして讌す」百済和麻呂）

N庭梅已に笑を含めども　門柳未眉を成さず。（八四「春日於左僕射長王宅にして宴す」大津連首）

Mは「庭の燠かさ」と「林の寒さ」を対にしており、人工的な「庭園」と自然とを対比させているようにも見えるが、この草は賞美の対象とは思えない。Nの「庭梅」と「門柳」との対照から人工的に整えられた空間に存在する梅を想定することも可能ではある。

残る『風土記』の〈庭〉は全十一例、地名が五例、「朝庭」（五例）で、「庭酒」が一例。「庭酒」は、神に捧げる酒を意味しており、この〈庭〉の意味は不明瞭だが、「庭園」の意ではない。

以上、具体的な空間を示すほとんどの〈庭〉が堂前の空間を示していることを確認してきた。当該「庭中の牛麦が花を詠む歌」も、同じように理解すべきであろう。「一本の　撫子植ゑし」は、本来植物を植えるべき空間ではない「庭中」に撫子を「一本」植えたことが歌われていると思われる。

先に触れた『万葉集』に見えるもう一例の「庭中」は以下の通り。

庭中花作歌一首

～いぶせみと　心なぐさに　撫子を　やどに蒔き生ほし（屋戸尓末枳於保之）　夏の野の　さ百合引き植ゑて

～（18・四一一三）

これは先掲⑩（9ページ）の題詞であり、題詞の「庭中」は、「ヤド」として歌中に表現されている。そして、注意すべきは、野の百合を引き植えると歌っている点である。やはり〈庭〉や「庭中」は本来的には植物を植える空間として把握されていなかったのだろう。このように見てくると〈庭〉のもう一例（②）も明瞭である。題詞とともに再掲する。

内庭に仮に樹木を植ゑ以て林帷と作し肆宴を為したまふ時の歌

②うちなびく　春とも著く　うぐひすは　植ゑ木の木間を　鳴き渡らなむ（20・四四九五）

ここでも、「内庭」には「仮に樹木を植ゑ」と記され〈庭〉は堂前の意として用いられている。『万葉集』の「庭中」は堂前の意であった。

さて、残る〈庭〉は『万葉集』の題詞左注に登場する「庭中」以外の五例である（Pに二例）。

O庭に新蝶舞ひ　空に故雁帰る。（5・八一五序文）

P言ふこころは、この人性、花草花樹を好愛し、多く寝院の庭に植ゑたり。故、「花薫へる庭」といふ（17・三九五七小字注）

Q但し、稚き時に遊藝の庭に渉らざりしを以て、横翰の藻、自らに彫蟲に乏し（17・三九六九序文）

R冬十一月五日の夜に、小雷起り鳴り、雪落りて庭を覆ふ。忽ちに感憐を懐き、聊かに作る短歌一首（20・四四七一）

Oは「梅花宴」の序文であり、宴の場所の意である。Pが最も「庭園」に近いが、この「花薫へる庭」は長歌の「萩の花　にほへるやどを」に該当し、ここでも〈庭〉がそのまま「庭園」を表しているとはいいがたく、そればかりか〈庭〉の正訓のひとつとしての「やど」が存在した傍証にすらなりかねない。Qの「遊藝の庭」は比喩的な用法であり、Rの具体は歌からも判断できないものの、「庭園」とは思えない。

以上、〈庭〉を通覧してきたが、ほとんどの用例は堂前に近い意味に用いられており、〈庭〉と「ニハ」とは堂前という点において共通していた。この点を踏まえてあらためて「ニハ」を考えたい。

六　ニハ

稿末の表（30ページ）を参照すれば、「ニハ」と関係する植物は、麻、葦、梓、梅、柴、李、橘、葎、柳。観賞用とは思えないものが多い。この中で、梅、橘、柳は、「ヤド」にも「ソノ」にもある例である。次の四首である。

①梅の花　咲き散り過ぎぬ　しかすがに　白雪ニハに（白雪庭尓）降りしきりつつ（10・一八三四）

②ほととぎす　来鳴きとよもす　橘の　花散るニハを（花散庭乎）見む人や誰（10・一九六八）

③遊ぶ内の　楽しきニハに（多努之吉庭尓）梅柳　折りかざしてば　思ひなみかも（17・三九〇五「大宰の時の梅花に追和する新しき歌六首」）

④橘の　下照るニハに（之多泥流尓波尓）殿建てて　酒みづきいます　我が大君かも（18・四〇五九「左

大臣橘卿の宅に在りて肆宴するときの御歌、并せて奏歌なり。」）

①は「ニハ」に雪は降っているけれども、「ニハ」に梅が存在したかは否かは判然としない。眼前の雪から散ってしまった梅を思い起こしているためである。②は間違いなく、「ニハ」に橘の存在したことを証する。③は大宰府の梅花の宴席を「ニハ」と表現しているけれども、梅や柳がその場に植えられていたかどうかは判断を保留せざるをえない。④の橘は橘諸兄の暗喩であり、他の植物では代替できない。なによりこの「ニハ」は「殿建てて酒みづきいます」と歌われるように、宴用に臨時の屋が建てられた空間である。実際に臨時に家屋が建てられたか否かは問題ではなく、そうした空間として「ニハ」は表現されている。

仮に、この四首全ての「ニハ」に梅や柳や橘が存在していたとしても、そもそもわずか四首にしか見られない点の方が重要だろう。「ニハ」は、麻、葦、梓、梅、柴、李、橘、葎といった植物と関係の深い空間呼称だった。「ニハ」は、あくまでも作業や宴会などをとりおこなう空間であり、堂前をあらわす〈庭〉の正訓だったといってよい。

七　ソノ

では、「ソノ」はどのように把握すればよいのだろうか。万葉歌の「ソノ」の原文は、「苑」十一例（「苑囿」一例を含む）、「園」一例、仮名書き例九例と分布する。そして、梅花宴歌に典型的にあらわれるように梅を植えるに適した空間として歌われる。その他にも「ソノ」には「柳」（5・八一七）や「竹」（5・八二四）が存在していたことも梅花宴歌から判明する。そして、梅花宴歌には「ニハ」は一度も登場しない。やはり「ソノ」は「ニハ」とは空間の把握の方法が別だったと思しい。

再び稿末の表（30ページ）を見ると、「ソノ」とともに歌われている植物は、紅、韓藍、梅、橘、桃、李、竹、柳である。紅と韓藍とはいうまでもなく染料である。また、梅は古くから、

梅は鑑賞の対象として《万葉集》にいろいろとうたわれているが、輸入の動機なり直接の目的なりは、薬用植物としてであったのである。～中略～「うめ」は、直接には梅でなく、「烏梅」からでているとみたほうがよいであろう。（『日本語の歴史二』平凡社　一九六三年）

といわれるように薬用品である。橘は、「多遅摩毛理（記）」、「田道間守（紀）」が持ち帰った木の実を、

そのときじくのかくの木の実は、是今の橘ぞ。（垂仁記）

非時香菓を求めしめたまふ。（注略）今し橘と謂ふは是なり。（垂仁九十年二月一日）

と称することに代表されるようにこちらも薬用品である。

また、桃は、『古事記』におけるイザナキ逃走の場面では呪力を持ったものとして描かれている。そして、二〇一〇年九月十七日に桜井市教育委員会が発表したように、纏向遺跡から大量の桃の種が発掘された。『纏向遺跡発掘調査概要報告書』（第四〇集二〇一三年五月）には、桃二七六九、李五二をはじめ栽培種の植物遺存体が報告され、

自然科学分析の結果で特筆すべきものにサクラ属（モモ－スモモ型）の花粉の検出があり、土坑の近隣にモモ・スモモの林が広がっていた事が推定され、土坑から出土した桃はこの林において栽培されていた可能性が指摘されている。

と記される。この桃や李が食用か否かは措くとしても、実用品であったことは間違いない。

残るものは竹、柳。竹は集中に被覆形「たか」を含めて二十二例あるが、「さすたけの」、「なよたけの」の枕詞

が十一例を占める。残る十一例中、何らかの儀礼に用いられる「竹玉」が五例あり、竹が実用品であったことがわかる。また、

麁玉の　寸戸が竹垣　編目ゆも　妹し見えなば　我恋ひめやも（11・二五三〇）

からは、竹垣の存在が知られる。こうした竹の実用性については、『古事記』の、

〜亦、いつの竹鞆を取り佩かして、弓腹を振り立てて〜（『古事記』上巻）

〜又、坂手池を作りて、即ち竹を其の堤に植ゑき。（『景行記』）

〜乃ち、其の伊豆志河の河島の一節竹を取りて、八目の荒籠を作り〜（『応神記』）

といった記事や、『日本書紀』の次の記事から明白である。

時に竹刀を以ちて、其の児の臍を截る。其の棄てし竹刀、終に竹林と成る。故、彼の地を号けて竹屋と曰ふ。

（『神代紀　下』第九段、第三の一書）

老翁、即ち嚢中の玄櫛を取り地に投げしかば、則ち五百箇竹林に化成りぬ。因りて其の竹を取りて、大目麁籠に作り、火火出見尊を籠の中に内れ、海に投る。（『神代紀　下』第十段　第一の一書）

所謂堅間は、是今の竹籠なりといふ。（『神代紀　下』第十段　第一の一書）

是日、筑紫大宰、儲用の物、絁一百匹・糸一百斤・布三百端・庸布四百常・鉄一万斤・箭竹二千連を請す。

（天武十四年十一月二日条）

最後に、柳は、『万葉集』に四十例。うち、十二例が「かづら」、「かづらく」と歌われ、「かづら」の素材であった。また、家持の著名な、

春の日に　萌れる柳を　取り持ちて　見れば都の　大路し思ほゆ（19・四一四二）

は、街路樹としての柳であり、

小山田の　池の堤に　挿す柳　なりもならずも　汝と二人はも（14・三四九二）

と歌われる池の堤の柳は、『営繕令』の、

凡そ堤の内外、并せて堤の上には、多く楡、柳、雑樹を殖ゑて堤堰の用に充てよ（『営繕令』17）

を視野に入れると、『全注』等が指摘するように、堤を強化するための植物と考えられるだろう。

一方、〈柳〉・〈楊〉(9)は、『古事記』、『日本書紀』、『風土記』に、人名や「楊梅」、「黄楊」としてしか登場しない。日常普段、よく接する植物だったのだろう。この点は、滋賀県勧学院遺跡（滋賀県教育委員会・滋賀県文化財保護協会編『ほ場整備関係遺跡発掘調査報告書XIII-2』一九八六年三月）や滋賀県西河原森ノ内遺跡（『木簡研究』八号・一九八六年十一月）などから「柳箱」が出土しており、正倉院文書にも「柳箱」が四例存在し、実物も正倉院に残っている（宮内庁正倉院宝物検索のＨＰ）。さらに、『賦役令』（1）に「調副物」として「筺柳」が見え、筺の材料としての柳が確認でき、『続日本紀』養老六年（七二二）十一月十九日条には、元明天皇一周忌の供養の発願に「柳箱八十二」と見える。奈良時代に「柳箱」が使われていたことは疑いの余地はない。〈柳〉、〈楊〉もまた、実用品として「ソノ」に存在していたといってよい。

万葉歌の「ソノ」は、「ニハ」同様、「庭園」の要素は薄く、実用品を採取するための空間の称だったといってよい。

しかし、非和文中の〈苑〉、〈園〉はやや違う傾向を見せる。

八　〈苑〉、〈園〉――非和文中の用例――

〈苑〉、〈園〉について先に引用した『職員令』（園池司条）に対する『令集解』には、

伴云。雑説云。有レ木曰レ苑。蒼頡篇。養二牛馬一曰レ園。養二禽獣一曰レ苑。（『職員令』50園池司条）

と『蒼頡篇』を引用するが、これは、

苑　於遠反。養二牛馬一曰レ囿、養二禽獣一曰レ苑也。（『篆隷万象名義』四帖・四一ウ）

とほぼ同じである。このまま〈苑〉と〈園〉（「囿」）とが使い分けられていたとは思えないが、その「園池司」は、前にも引いたように、

掌らむこと、諸の苑、池のこと。蔬菜樹菓等を種ゑ殖ゑむ事（『職員令』50園池司条）

と規定され、やはり、実用品の栽培に関係するものである。〈苑〉と〈園〉とは極めて近い関係にあるように見える。

『万葉集』の非和文における〈苑〉、〈園〉を見てみよう。〈園〉は次の一例。

A園梅を賦して、聊に短詠を成すべし（5・八一五序文）

梅花宴歌の序文に登場する〈園〉が、どの程度大宰府にあった旅人邸の実体を反映しているかは不明である。前にも触れたように、「竹の林」は「庭園」にはふさわしくない。

〈苑〉は、人名を除き、次の七例。

Bもし翰苑にあらずは、何を以てか情を攄べむ。（5・八一五序文）

C梅苑の芳席に、群英藻を摛べ、（5・八六四前置漢文）
D未だ西苑の夜をも尽くさねば、劇く北邙の塵に作る。（5・沈痾自哀文中の割り注）
E春朝に春花は馥ひを春苑に流し、春暮に春鶯は声を春林に囀る。（17・三九六五前置書簡）
F忽ちに芳音を辱みし、翰苑雲を淩ぐ。（17・三九六七前置書簡）
G天平勝寶二年三月一日の暮に、春苑の桃李花を眺矚して作る二首（19・四一三九題詞）
H筑紫の大宰の時の春苑梅歌に追和する一首（19・四一七四題詞）
B・Fは詩歌の意。C・Hは梅花宴の場をあらわす。Dは曹操の作った庭園を指すともいわれる（『旧全集』）。Eは越中国の家持邸の〈苑〉ともとれるが、もう少し抽象度は高いだろう。Gは家持邸の「苑」である。これらの〈園〉、〈苑〉は多分に文飾を考慮せざるをえず、具体的にどのような空間として把握すべきか難しい。また、先に引用した使い分けは見られない。
次に、他の上代文献の状況は以下の通り（人名などの明らかな固有名詞は除外している）。以下、簡単に通覧する。

	〈苑〉	〈園〉
古事記	畑1 計1例	
日本書紀	天皇の宴席等5 畑2 禽獣を飼う空間1 計8例	畑1 園陵（墓）1 禽獣を飼う空間1 計3例
続日本紀	天皇の宴席等19 花苑司1 計20例	田園類9 園池正7 園池3 薬園2 園（畑）1 孤園（祇園精舎）1 丘園（隠棲の地）1 計24例
懐風藻	天皇の宴席等11 曹植の苑（曹王苑）1 計12例	西園（上林園）2 肆宴の場4 庭園？4 計10例
出雲国風土記		畑1 計1例

『古事記』の〈苑〉は、

Ｉ所謂る五村の屯宅は、今の葛城の五村の苑人そ。（安康記）

である。これは明らかに田畑を意味していよう。

『日本書紀』の〈苑〉、八例中[10]、畑を意味するものは次の二例。

Ｊ皇后、母に随ひて家に在しまし、独り苑中に遊びたまふ。（允恭二年二月十四日）

Ｋ土左国の田苑五十余万頃、没れて海と為る。（天武十三年十月十四日）

禽獣を飼っている空間は次の一例で、武烈天皇の過度な贅沢をあらわしている。

Ｌ池を穿り苑を起りて、禽獣を盛す。（武烈八年三月）

残る五例は、宮中の空間として登場する。

M後苑に幸して、曲水宴きこしめす。(顕宗元年三月三日)
N後苑に幸して、曲水宴きこしめす。(顕宗二年三月三日)
O後苑に幸して、曲水宴きこしめす。(顕宗三年三月三日)
P白錦後苑に幸す。(天武十四年十一月六日)
Q天皇、公私の馬を御苑に観す。(持統五年三月五日)

M〜Oは上巳の宴の例であるが、『日本古典文学大系　日本書紀　上』、『新編日本古典文学全集　日本書紀　2』も述べるように編者の述作と見てよいだろう。Pは二〇二一年に発掘を終えた飛鳥京跡苑池が当てられる。その当否はしばらく措くとしても、Qを含めてすべてが天皇の所有する空間としてある。

『日本書紀』の「園」は次の三例のみ。

R馬に乗りて籬に莅み、皇后に謂りて、嘲りて曰く、「能く園を作るか、汝や」といふ(允恭二年二月十四日)
S宮殿を修治め園陵を築造るに、各己が民を率て事に随ひて作れり。(大化元年九月十九日)
T是に、白雉を以ちて園に放たしむ。(白雉元年二月九日)

RはJの続きで明らかに「畑」を意味している。Sの「園陵」は漢語で墓のことであり、TはLに近い。『古事記』、『日本書紀』の〈苑〉、〈園〉は「畑」や「果樹園」、あるいは天皇が催す宴会を主とした空間の意として用いられていた。また、〈園〉は用例が少ないため、明確にはいえないが、宴会を催す例はない。

次に『続日本紀』の〈苑〉は、二十例。うち十六例までが「南苑」(「南樹苑」一例を含む)であり、肆宴が催されている。残るは平城宮の「松林苑」、恭仁宮の「城北苑」が一例。これらも宴席の例である。最後の一例は「花苑司」。おそらくは「園池司」と近い令外官とも思われるが、なおはっきりしない。〈園〉は二十四例。「園池」

や「薬園」の例が多く、宴席を示すものはない。『続日本紀』にあっては、〈苑〉は肆宴の空間として、〈園〉は「畑」や「果樹園」として、使い分けられていたといってよい。

つづいて『懐風藻』の〈苑〉は十二例。「曹王苑」（一例）を除く十一例が肆宴の空間を示す。十例存在する〈園〉は「上林園」を示す「西園」（二例）を除く八例中四例が肆宴の空間を表している。そして、残るは四例（うち三例は同一作品）。一例は、長屋王の別邸（おそらく作宝楼だろう）を示す、

U勝地山園の宅　秋天風月の時（七七「秋日長王が宅にして新羅の客を宴す」）

である。「勝地山園宅」の具体を知る手がかりはないが、「庭園」に近い空間が存在していた可能性は否めない。あるいは〈園〉が「庭園」を示す例かもしれない。

最後の一例は、藤原麻呂の弟邸を示す次の例である。

V　五言　暮春弟が園池にして置酒す。一首

〜宇宙荒茫にして烟霞蕩ひて目を満つ。園池照灼にして、桃李笑まひて蹊を成す。〜

城市元より好無く、林園賞づるに余有り（九四）

藤原麻呂に弟のあった記録は他になく、「弟」は「第」の誤写ともいわれるが（辰巳正明氏『懐風藻全注釈』笠間書院二〇一二年など）、この用例も「庭園」の意であった可能性が高い。『懐風藻』では、この四例の〈園〉が「庭園」の可能性を残す。

最後に『出雲国風土記』の例は、

W土体豊沃え、百姓の膏腴なる園なり。

であり、これは田畑の用例である。

結局、非和文中の〈苑〉は肆宴の空間に使われる傾向があり、〈園〉は「畑」や「果樹園」に使われる傾向がある。これは『日本書紀』や『続日本紀』の持つ正史としての性格上、〈苑〉の記述が御苑に傾くことが原因のひとつと思われる。『懐風藻』における偏在も同じ点に起因しよう。結局、〈苑〉、〈園〉の使い分けや実体の正確な把握は難しい。『万葉集』の例に限って見ても、積極的に「庭園」と理解してよいものは家持のGの一例のみである。ひるがえって「ソノ」を考えても、非和文中の〈苑〉、〈園〉を「庭園」としてしまうことはできまい。

非和文中の〈苑〉、〈園〉は確定できないものも多いが、和文脈中の「ソノ」は「畑」や「果樹園」と理解すべきであろう。ただし、〈苑〉が肆宴の場に偏る点は重要である。先に引用したように〈苑〉は禽獣を養い、〈園〉は牛馬を養う空間であることという理解が生きていれば、肆宴の空間に〈園〉はふさわしくない。そして、肆宴の空間である以上、丁寧な手入れや装飾は行われていたはずであり、「庭園」としての側面も必然的に付帯する。[11]非和文中の〈苑〉、〈園〉と「ソノ」との干渉が「ソノ」に「庭園」の理解を与える契機となったのだろう。

九　シマ

残る「シマ」は、用例数は少ないものの理解しやすい。「島の宮」をあらわす四例の「シマ」（2・一七八、2・一八〇、2・一八一、2・一八八）は、固有名詞の可能性も否めないが、それらは「庭園」の意として十分に通じる。残る五例も同様である。特に、

山斎を属目して作る歌三首

鴛鴦の住む　君がこのシマ（伎美我許乃之麻）今日見れば　あしびの花も　咲きにけるかも（20・四五一一）

は、題詞に「山斎」とあり、「山斎」と「シマ」とが対応関係にある。「山斎」の文字列は他に『懐風藻』に四例あり、全例が「庭園」の例である。空間「シマ（山斎）」の機能は「庭園」に他ならない。

十　むすび

以上、「ヤド」「ニハ」、「ソノ」、「シマ」を通覧してきた。簡単にまとめると次の通り。

ヤド＝建築物としての家を含む、居住者の管掌範囲全体。
ニハ＝建築物の外部にあり、様々な行事や作業をする空間。
ソノ＝実用物を中心とした植物を栽培する空間。
シマ＝観賞用に整備された庭園

平城遷都以前の万葉歌に梅が見えないことは有名である。そして、平城遷都後に貴族邸の「庭園」に梅が植えられるようになり、万葉歌にも登場するようになったというのが一般的な理解であろう。ここには梅が賞美の対象として平城遷都以前から存在したという前提がある。しかし、見てきたように、梅は「ソノ」に植えられるものであり、薬用あるいは食用の実用品だった。そうした実用品に美を見出したのが旅人をはじめとした平城京の貴族たちだったのだろう（勿論、漢籍の影響を排するつもりはない）。

また、たとえば、平城京の旅人邸を詠んだ「亡妻挽歌」（巻三の挽歌部）からもわかるように、「庭園」が存在した貴族の邸宅もあったろう。そして、それらは「シマ」と呼ばれた。しかし、そうした特定の機能に特化された空間は「ヤド」とも呼ばれていたのではないか。あらためて「ヤド」に植えられた（蒔かれた）植物を想起したい。橘、萩、撫子、山吹、梅、韓藍、藤、百合。これらは「シマ」に存在していても不思議ではない。奈良時代は「ヤド」から「シマ」が分化してゆく時代と捉えるべきではあるまいか。そして、「ソノ」、「ニハ」は本来の意味を濃厚に残していたと見るべきである。(12)

注

(1) 以下、語義の混乱や現代語の語感の竄入を避けるため、「ヤド」、「ニハ」、「ソノ」、「シマ」と記す。また、「ソノフ」も同様である。なお、歌本文中など、括弧を付けない場合もある。

(2) 以下、注釈書類については通称を用いる。

(3) 以下、非和文中の「苑」、「園」字は〈苑〉、〈園〉と記す。

(4) 以下、用例数は古典索引刊行会編『万葉集電子総索引　CD-ROM』(塙書房二〇〇九年)による。また、「やどる」については「屋+取る」と考えて、本稿では用例としていない。

(5) 水面をあらわす用例は除外した。

(6) 「山斎」の文字列は多くの注釈書が述べるように「山荘」の意である。また、「シマ」と訓読されることの多い「山池」(3・二二七八題詞)は除外している。なお、この例を含めても論旨に支障はない。

(7) 長歌にあっては、

~我がヤド(吾屋戸尓)に　みもろを立てて　枕辺に　斎瓮を据ゑ　竹玉を　間なく貫き垂れ　木綿だすき　かひなに掛けて　天なる　ささらの小野の　七ふ菅　手に取り持ちて~(3・四二〇)

~あしひきの　この片山の　もむにれを　五百枝はぎ垂れ~ニハに立つ(庭立)　手臼に搗き~(16・三八八六)

のように、同一歌中に存在するけれども、あきらかに無関係な用例は拾っていない。

(8) 以下、非和文中の「庭」字は〈庭〉と記す。

(9) 以下、非和文中の「柳」、「楊」字は〈柳〉、〈楊〉と記す。

(10) 崇神十年九月二十七日条にある地名起源説話に「羽振苑」は地名として扱ったが、論旨に影響はない。

(11) 金原正明氏「種実同定、花粉分析、珪藻分析からみた飛鳥京跡苑池の植栽と環境」(『史跡・名勝　飛鳥京跡苑池(1)—飛鳥京跡V—』奈良県立橿原考古学研究所調査報告一一一冊　二〇一二年三月)は、

植栽された樹木はセンダン、モモ、ウメ、ナシ、カキ、ニヨウマツ(アカマツかクロマツ)チョウセンゴヨウ、オニグルミ、ヒメグルミ、ナツメ、スモモ、ブドウが考えられ、果樹が多いのが特徴と言える。~中略~北方の水路SD003付近にはモモやスモモ、ナツメの樹園があった可能性がある。

と指摘し、卜部行弘氏「総括」(同書)は、

時代が下った我が国の令制下の園池司は、苑池の管理と供御のための蔬菜類の栽培を職掌とする。この点で飛鳥京跡苑池から植物名や薬の処方を記し、米、造酒司に関わる木簡と果樹の栽培を物語る花粉や種実が出土したことは興味深い。

と述べる。飛鳥京跡苑池にも「ソノ」としての性格を見出すべきだろう。そして、その場で宴が開催されれば「ニハ」として機能したはずである。もっとも、これは天皇家を中心とした苑池についてであり、一般的には「ヤド」に「ニハ」「ソノ」が包含されていたのだろう。「ヤドの梅」、「ソノの梅」は存在し、「ニハの梅」が存在しないのはこうした言語上の機能分掌の結果なのではなかろうか。

(12)「ソノ」と「ニハ」とが共起する唯一例である、

我が園の(吾園之)　李の花か　庭に散る(庭尓落)　はだれのいまだ　残りたるかも(19・四一四〇)。

は、解釈の変更が必要かも知れないが、二句切れか三句切れかの問題、第三句の「落」の訓の問題も絡む。稿をあらためたい。

一首中で「ヤド・ニハ・ソノ・シマ」との関係が歌われる植物

	麻	葦	馬酔木	梓	卯花	梅	楓	韓藍	葛
ヤド				2	1	12	1	1	1
ニハ	4	1		1		2			
ソノ						14		2	
シマ			1						
計	4	1	1	3	1	28	1	3	1
植物Σ	22	58	12	52	24	119	2	4	22
%*1	18%	2%	8%	6%	4%	24%	50%	75%	5%

	紅	桜	しだ草	柴	萱	薄	李	竹	橘
ヤド		3	1		1	2		1	20
ニハ				1			1		2
ソノ	1						1	2	1
シマ									
計	1	3	1	1	1	2	2	3	23
植物Σ	35	43	1	13	74	17	1	22	84
%*1	3%	7%	100%	8%	1%	12%	200%	14%	27%

	蓼	茅	土針	撫子	萩	藤	松	葎	桃
ヤド	1	3	1	9	22	2	3	2	1
ニハ								1	
ソノ									1
シマ				1					
計	1	3	1	10	22	2	3	3	2
植物Σ	3	29	1	28	141	28	82	4	6
%	33%	10%	100%	36%	16%	7%	4%	75%	33%

	柳	山吹	百合	忘れ草	尾花	計	場所Σ	%	種
ヤド	3	3	1	1	2	100	122	82%	26
ニハ	1					14	29	48%	9
ソノ	2					**24**	**21**	**114%**	**8**
シマ						2	9	22%	2
計	6	3	1	1	2				
植物Σ	42	18	11	5	19				
%	14%	17%	9%	20%	11%				

*1 = %は参考程度。

「ヤド・ニハ・ソノ・シマ」と共起する例のない植物（カッコ内は用例数）

薦（26）/紫（17）/なのりそ（16）/榛（15）/女郎花（14）/茜（13）/菖蒲草（12）/篠（12）/杉（12）/檀（12）/粟（11）/苔（11）/海松（11）/さねかづら（9）/月草（9）/躑躅（9）*2/椿（9）/檜（9）/稲（8）/柏（8）/天木香樹（8）/杜若（7）/槻（7）/栂（6）/黄楊（6）/つるはみ（6）/朝顔（5）/笹（5）/蔦（5）/楝（4）/朮（4）/桂（4）/顔花（4）/椎（4）/菫（4）/葱（4）/にこ草（4）/蓮（4）/はねず（4）/久木（4）/樫（3）/桑（3）/栗（3）/萵苣（3）/柘（3）/梨（3）/合歓（3）/柞（3）/麦（3）/莪（3）/紫陽花（2）/いはゐつら（2）/うはぎ（2）/うまら（2）/桜皮（2）/三枝（2）/芹（2）/ちち（2）/つづら（2）/ところづら（2）/棗（2）/楢（2）/稗（2）/菱（2）/やまたづ（2）/ゆづるは（2）/わかめ（2）/えぐ（2）/葦付（1）/青菜（1）/いちし（1）/櫟（1）/芋（1）/瓜（1）/榎（1）/大藺草（1）/臣木（1）/思ひ草（1）/堅香子（1）/かづのき（1）/枳（1）/黍（1）/くそかづら（1）/莒莢（1）/賢木（1）/榕（1）/知り草（1）/たはみづら（1）/つまま（1）/楡（1）/蕁（1）/ねつこ草（1）/はじ（1）/浜木綿（1）/ひかげ（1）/蒜（1）/ふぢばかま（1）/ほよ（1）/豆（1）/韮（1）/山藍（1）/蓬（1）/蕨（1）

*2 =「水伝ふ　磯の浦回の　石躑躅　もく咲く道を　またも見むかも」（2・一八五）もあるが、こうした例は取っていない。

主な先行研究

①高崎正秀氏「「庭」其他」(『国語と国文学』九巻三号・一九三二年三月)
②境田四郎氏「万葉の「ヤド」「ヤドリ」」(『大阪女子大学　女子大文学国文篇』七号・一九五五年三月)
③戸谷高明氏「万葉歌小考―庭園をめぐって―」(『国語と国文学』四十六巻十号・一九六九年十月)
④中西進氏「屋戸の花」(『論集上代文学　第三冊』笠間書院　一九七二年十一月)
⑤森淳司氏「万葉の「やど」」(『日本大学語文』二五輯・一九七四年三月／『万葉とその風土』桜楓社　一九七五年四月所収)
⑥近藤健史氏「万葉集の山斎の歌―その特質と作歌基盤をめぐって―」(『美夫君志』三五号・一九八七年七月／『万葉歌の環境と発想』翰林書房　二〇一七年所収)
⑦斉藤充博氏「万葉集における庭園と文学」(『慶応大学芸文研究』五七号・一九九〇年三月)
⑧金井清一氏「庭園」(『万葉の歌と環境(万葉夏期大学)』(笠間書院　一九九六年六月)
⑨上野誠氏「万葉びとの庭、天平の庭―王の庭と、民の庭―」(『天平万葉論』翰林書房　二〇〇三年四月／『万葉文化論』ミネルヴァ書房　二〇一八年所収)
⑩武田比呂男氏「古代における庭園―その機能と表現をめぐって―」(『日本文学』五二巻五号・二〇〇三年五月)
⑪東城敏毅氏「住空間の民俗―「風景」の発見と「わがヤド」の成立―」(『万葉民俗学を学ぶ人のために』世界思想社二〇〇三年)
⑫小谷博泰氏「万葉集と庭園―イメージモデルとしての古代苑池―」(『日本文学』五十二巻五号・二〇〇三年五月)

『伊勢物語』第百十七段の成立

山本登《とく》朗《ろう》

一　第百十七段の本文異同

『伊勢物語』の第百十七段（定家本の章段番号。以下、『伊勢物語』諸本でこれに該当すると思われる章段をすべて「第百十七段」と呼ぶ。）は、『伊勢物語』の中でも他に例を見ない特異な内容の章段であり、また、後世に及ぼした影響もきわめて大きい。この章段をめぐるさまざまな問題を考えるために、この特異な章段が、いつ、どのような事情のもとに成立したかについて、考えてみたい。

第百十七段は、諸本間での本文の異同がきわめて大きい。まずは『伊勢物語』諸本に見られる、第百十七段のさまざまな本文の形を確認しておく。

定家本やそれに近い多くの本では、この段の本文は次のようになっている。（宮内庁書陵部蔵冷泉為和筆天福本による。以下、便宜上、それぞれの本文の表記を適宜改める。また、それぞれの本文にＡＢＣＤの記号を付け、各和歌にアイウエの記号を付す。）

Ａ

昔、帝、住吉に行幸したまひけり。

ア　われ見ても久しくなりぬ住吉の岸の姫松いくよ経《へ》ぬらむ

おほん神、現形《げぎやう》したまひて、

イ　むつましと君はしらなみ瑞垣《みづがき》の久しき世よりいはひそめてき

これに対して、「異本系」「広本系」などと呼ばれている本では、右のＡに該当する本文（以下、「基本部」と呼ぶ）の後に、次のような独自の本文（◎印より後）が加えられている。この部分を、いま「増補部」と呼ぶことにする。（宮内庁書陵部蔵阿波国文庫旧蔵本による。）

Ｂ

昔、帝、住吉に行幸したまひけるに、よみて奉らせ給ひける、

ア　われ見ても久しくなりぬ住吉の岸の姫松いくよ経《へ》ぬらむ

御神あらはれたまひて、☆

イ　むつましと君は知らずや瑞垣の久しき世よりいはひそめてき◎

この事を聞きて、在原業平、住吉に詣《まう》でたりけるついでに、よみたりける、

ウ　住吉の岸の姫松人ならばいくよか経しととはましものを

とよめるに、翁のなり悪しき、出でゐて、めでて返し。

エ　衣だに二つありせばあかはだの山に一つは貸さましものを

異本系の一本である「歴博本」（国立歴史民俗博物館蔵、旧大島本）の巻末には、二種類の本から抜粋された本文が付載されているが、その一つ「皇太后宮越後本」から抜粋されたこの章段の本文は、☆印までBと同じだが、イの歌がなく、その後は次のようになっていて、エの歌の後にさらに記述が加わっている。（C・Dの本文は国立歴史民俗博物館蔵本による。）

C

ウ　住吉の岸の姫松人ならばいくよか経しととはましものを

とよめりけるに、翁のなりあやしき、出でゐて、めでて返す、

エ　衣だに二つありせばあかはだの山に一つは貸さましものを

とよみて消え失せにけり。後に思へば御神になむをはしましける。

暦博本巻末に付載されたもう一本は暦博本の中で「小式部内侍本」と呼ばれているが、この本は、斎宮の段を冒頭に置く、いわゆる「狩の使本」として知られている。この本は、暦博本巻末の付載によれば、◎より前の基本部をまったく持っておらず、以下のように、増補部だけの内容となっている。

D

この事を聞きて、在原業平、住吉に詣《まう》でたりけるついでに、

ウ　住吉の岸の姫松人ならばいくよか経しととはましものを

とよめりけるに、翁のなり悪しき、出でゐて、めでて返しつ。

エ　衣だに二つありせばあかはだの山に一つは貸さましものを

とよみて消え失せにけり。後に思へば御神になむをはしましける。

このＤの本文は、冒頭の「この事」が指示する対象を持たない異様な本文であり、何らかの理由によって前半の基本部が欠脱したかとも考えられるが、この系統と近い関係を有すると考えられる「異本伊勢物語絵巻」（原本鎌倉時代、江戸時代の模本が東京国立博物館蔵）にも、次のように、この段の本文が、基本部のない形で記されている。しかもここには、冒頭の「この事を聞きて」の部分が存在しない。Ｄの本文の形が、前半部の偶然の欠落によって生じたものではなく、意図的に後半の増補部だけで構成されたものであったことが、これによってうかがわれるのだが、この問題についてはあらためて考えたい。

在原業平、住吉に詣たりけるついでによみたりける、

すみよしのきしのひめ松ひとならばいくよかへしと、はましものを

とよめるに、おきなのなりあしきいてきて、可愛《めで》て返、

ころもだにふたつありせばあかはだのやまにひとつはかけ《ママ》まし物を

二　主人公の不明記または不在

第百十七段の特異性のまず一つとして、この段の基本部に、主人公の存在が記されていないことがあげられる。『伊勢物語』中の章段で主人公が登場せず歌も詠まない例としては、次の第百十九段をあげることができるが、例

外的なこの章段でも、主人公は実は「あだなる男」として間接的な形で文中に登場している。（以下、特にことわらない限り、『伊勢物語』の本文は前掲の天福本による。）

昔、女の、あだなる男の形見とておきたる物どもを見て、

形見こそ今はあたなれこれなくは忘るる時もあらましものを

主人公の存在がまったく記されていない第百十七段基本部の表現は、この第百十九段等の場合とも大きくかけ離れているが、これについても、それが『伊勢物語』の章段であることを重視するならば、明記されてはいないが主人公は実はそこにいて、歌も詠んでいるのだと考えなければならないことになる。つまり、アの歌は、明記されてはいないが実は帝の行幸に供奉してそこにいる主人公が帝に代わって詠んだのだということになるのである。一方、基本部の表現をそのままに読めば、アの歌の作者は帝ということになる。

いま、アの歌の作者についての諸書の見解を概略的に一覧すると、次のようになる。

C本付注、藤原清輔『奥義抄』、和歌知顕集（両系とも）…平城天皇（業平の祖父）

冷泉家流古注…業平（文徳天皇の行幸に供奉していたとする）

伊勢物語愚見抄（一条兼良）…帝

伊勢物語肖聞抄（宗祇説、肖柏筆録）…業平

伊勢物語闕疑抄（細川幽斎）…業平

勢語臆断（契沖）…業平　「さらずは業平にあづからぬ事を爰にのすべきやうなし」

C本すなわち皇太后宮越後本のアの歌の傍らには「平城天皇云々」という書き入れが記されている。アの歌の作者を平城天皇とするこの説の場合、孫である在原業平をモデルとする主人公がその場にいた可能性はなくなる。

冷泉家流古注は文徳天皇の行幸に主人公が供奉していてアの歌を詠んだとする。それ以降、文徳天皇の行幸とは特定しないものの、一条兼良の『伊勢物語愚見抄』を除くほとんどすべての注が、アの歌の作者を業平、つまり帝に供奉していた主人公としている。基本部だけを有するAの本文を読む場合、そこに『伊勢物語』の主人公がいないことは、契沖が『勢語臆断』で述べているように、考えられないことだからである。

この、アの歌の作者の問題と諸本の本文異同の関連について、片桐洋一氏は『伊勢物語全読解』（和泉書院・二〇一三）の中で次のように述べている。

…通行本は、「昔、帝、住吉に行幸したまひけり」で始まるが、「我見てもひさしくなりぬ…」という歌が、誰の歌かわかり難い。素直に読めば、帝の歌だが、それでは何故『伊勢物語』に帝の歌があるのかわからないから、行幸に従駕した物語の主人公（在原業平）が帝の代作をしたと見るのが自然ということになる。…しかし、そのように解し得なかった場合は、この部分が何ゆえに『伊勢物語』にあるのかわからないと思って、阿波国文庫本にあるように、…という第二部分を付け加えなければならなくなるのである。

片桐氏のこの考察は正しいと考えられる。増補部冒頭に、『伊勢物語』には他に見られない「在原業平」という氏名がことさらに示されているのも、基本部における主人公の不在を補おうとする増補部の姿勢のあらわれと考えられるのである。

三　住吉の神の出現と第百十七段の成立

第百十七段では、住吉の神が姿を現して、アの歌に対して返歌を詠む。『伊勢物語』中には、神が現れたり歌を詠んだりする章段は、他には存在しない。ここに、この段の、もう一つの大きな特異性が見られる。

『伊勢物語』には、主人公が摂津や和泉に出かける章段がいくつか見られるが、その中の第六十八段では、次のように「住吉」という地名がくりかえし言われ歌にも詠まれている。しかし、そこには住吉神社も住吉の神も登場しない。

昔、男、和泉国へ行きけり。住吉の郡、住吉の里、住吉の浜をゆくに、いとおもしろければおりゐつつゆく。ある人「住吉の浜とよめ」と言ふ。

　雁鳴きて菊の花咲く秋はあれど春の海辺にすみよしのはま

とよめりければ、みな人々よまずなりにけり。

また、第百十七段のアの歌は『古今集』九〇五番（雑歌上・題しらず・よみ人しらず）の歌を利用したものと考えられ、増補部のウの歌も、『古今集』で次に並ぶ九〇六番（雑歌上・題しらず・よみ人しらず）の歌をそのまま用いたものだが、その二首の歌でも、詠まれているのは「住吉の岸の姫松」であって、住吉神社や住吉の神は、そこには詠まれていない。

このように、十世紀半ばまでに詠まれたと思われる歌には、住吉の地名や松が多く詠まれているにもかかわらず、住吉神社や住吉の神はほとんど詠まれていない。このことについては、後藤祥子氏『源氏物語の史的空間』

（東京大学出版会・一九八六）第三章三「住吉社頭の霜―「若菜下」社頭詠の史的位相―」（初出、一九八四）に詳細な分析がある。後藤氏は、この現象の理由として、当時の住吉社が「洛中外の諸社のように、頻繁に都の一般貴族庶人が通う社とはいい難」く、「延喜前後の月次屏風に頻出する稲荷や賀茂とは性格を異にする」状況にあったことを指摘する。

後藤氏はさらに、数多くの和歌や事例の検討から、この状況が円融朝（九六九～九八四）になって変化することを指摘している。次に、後藤氏によってその変化の先駆けとして注目されている住吉社社頭詠の二首を挙げておく。（それぞれにオとカの記号を付す。）

『拾遺集』五八九・巻十・（神祇）・住吉に詣でて・安法法師　…『拾遺抄』四三五

オ　天下るあら人神のあひおひを思へば久し住吉の松

同五九〇・同・恵慶法師　…『拾遺抄』四三六

カ　われ問はば神代のことも答へなむ昔を知れる住吉の松

後藤氏はさらに、この時期以降、貴族社会に住吉社参詣と社頭詠の流行が見られることを指摘し、その結果「…遂に権門が皇子誕生にかかわる祈祷に足を運ぶところとなった。一条帝母后の東三条院が御幸を企てることになるのは、…長保二年（一〇〇〇）三月のことである」と述べる。後藤氏は、『源氏物語』における住吉の神の大きな役割や、「若菜下」巻に見られる登場人物たちの社頭詠が、このような変化を受けて可能になったことを指摘する。『源氏物語』につながるこれらの変化の背後には、この時期に、住吉信仰の大きな再興の動きがあったことがうかがわれるのである。

『源氏物語』では、皇室と住吉の神との関係が強調されているが、それは『伊勢物語』第百十七段にも同じように指摘される内容である。住吉の神は、平安時代末期に和歌の神として信仰されるようになるが、その傾向は『源氏物語』にはまだ見られず、『伊勢物語』第百十七段にも見えない。後藤氏の分析をふまえ、後に考察する人物の活躍した時代を考えれば、『伊勢物語』第百十七段は、円融朝以降、十世紀の終わり頃に作られた可能性がきわめて大きいと考えられる。

四　第百十七段と『住吉大社神代記』

『伊勢物語』第百十七段で住吉の神の返歌として示されるイの歌が、『住吉大社神代記』に次のように見える住吉の神の詠歌と似ていることは、よく知られている。（田中卓氏『田中卓著作集7・住吉大社神代記の研究』〈国書刊行会・一九八五年〉の訓読文による。）

　幣《みてぐら》奉る時の御歌の本記
　　坂《さか》木《き》葉《ば》仁《に》、余《よ》布《ふ》止《と》里《り》志《し》弖《て》弖《て》、多《た》賀《が》余《よ》仁《に》賀《か》、賀《か》弥《み》乃《の》美《み》賀《か》保《ほ》遠《を》、伊《い》波《は》比《ひ》曽《そ》〔米《め》〕芸《け》牟《む》

右の御歌は、
太幣《ふとみてぐら》を奉る軽皇子《かるのみこ》の賜ひし御歌なり。時に東の一《の》大殿より扉《みと》を押開きて、大神、美麗貌人《うるはしきひと》に表《あら》はれたまひ、白き笏《しやく》を取り、閾《しきみ》を叩きて和《こた》へませる歌、
　宇《う》倍《べ》麻《ま》佐《さ》仁《に》、岐《き》美《み》波《は》志《し》良《ら》末《ま》世《せ》、賀《か》美《み》呂《ろ》岐《ぎ》乃《の》、比《ひ》佐《さ》志《し》岐《き》余《よ》余《よ》里《り》、伊《い》波《は》比《ひ》曽《そ》女《め》弖《て》岐《き》
縦容《みこころのまま》に交親《むつみ》して具《とも》に在《ま》しましき。「吾が和魂《にぎみたま》は常に皇身《おほみみ》に厝《つ》き、常磐《ときは》に堅磐《かきは》に守り奉り、一切衆生《おほみたから》の望願《のぞみ》

を成就円満《なしとげ》てむ。故《かれ》、吾、万世《ながく》この地に住まむ。」〔とのりたまふ。〕

この「宇倍麻佐仁《うべまさに》」の一首とイの歌は、第四句と第五句が同じで、第二句も類似しており、全体の歌意も近く、無関係とは思えない。西宮一民氏は「仮名遣を通して見たる住吉大社神代記」(『萬葉』六三・一九六七年四月)で、『住吉大社神代記』に仮名遣いの異例が多いことを指摘しているが、特にこの「宇倍麻佐仁《うべまさに》」の一首には異例が集中している。さらに第二句の「岐美波志良末世《きみはしらませ》」について、西宮氏は次のように述べている。

…まして、波線部(「志良末世」)の如き文法に合はぬ表現は、或いは原歌が表意文字であつたものを適当に訓み下したときに誤つたものかも知れず、或いは後世における「むつまじと君はしら波みづがきの久しき世より斎ひ初めてき」とのコンタミネーションが「知らませ」と書かせたのかも知れない。

「宇倍麻佐仁《うべまさに》」の一首とイの歌を語法的に比較すれば、西宮氏によって「後世」のものとされている『伊勢物語』のイの歌の方が、むしろ原形であったと考えざるを得ないであろう。イの歌の第二句は、阿波国文庫本の「君はしらずや」等の異文もあるが、定家本等の多くの本文では「君はしらなみ」となっている。この「しらなみ」という表現については語法的説明が困難なことが指摘されているが、同じ表現は『古今集』にも次のように見えていて、それなりに正統な表現であったことがうかがわれる。

『古今集』一七七・巻四・秋上

寛平御時、七日の夜、うへに侍ふをのこども歌奉れと仰せられける時に、人に代はりてよめる・友則

あまの河浅瀬しらなみたどりつつ渡りはてねば明けぞしにける

『住吉大社神代記』は、かつて天平時代に成立したものとされてきたが、前掲の西宮一民氏の論と坂本太郎氏「住吉大社神代記について」(『国史学』八九・一九七二年十二月)によって、その状況は大きく変わった。谷戸美

穂子氏は「『住吉大社神代記』の神話世界―平安前期の神社と国家―」(『古代文学』三七、一九九八年三月)の注記で「この二氏(西宮一民氏、坂本太郎氏)の研究が現在この書の成立を考える上での指針となっている。ここでもそれに従い、その成立は九世紀後半から十世紀末に入るものとして検討を行う」と述べているが、その想定成立年代の最後の時期は、『伊勢物語』第百十七段についてさきに推測した成立年代と重なることになる。谷戸氏はまた「平安期の住吉信仰―『土佐日記』から『源氏物語』へ―」(『学芸国語国文学』三二・二〇〇〇年三月)で、次のように述べている。

記紀においても想定することのできた天皇との関わりは、ここではっきりと記述されることとなった。社中ではもとからあった伝承だったとしても、書かれることにより、この時期再確認され、重要視された点であることはまちがいない。新羅出兵の事績を語り直すことで、住吉神に天皇守護の性格が引き出され、それが『伊勢物語』百十七段をも生み出している。

『伊勢物語』第百十七段と『住吉大社神代記』の当該部分は、住吉信仰再興の動きの中で、この時期、なんらかの形で影響し合いつつ成立したと考えられる。住吉の神と天皇の関わりを強調するためには、アの歌の作者は帝であることが望ましい。たとえ供奉していた主人公による代作であったとしても、それはあくまでも代作であり、住吉の神がイの返歌を贈った相手は、本来は帝であったと考えられる。

五　第百十七段の作者圏

このような、『伊勢物語』中でも特異な存在である第百十七段が誰によって作り出されたのかについては、もとより確証はないが、もっとも可能性が高い人物として、さきに引用したオの歌、すなわち『拾遺集』五八九番歌の作者である安法法師の名をあげることができる。安法法師は、『伊勢物語』と関わりの深い源融の曽孫であり、第八十一段の舞台となっている河原院に住み、『安法法師集』には、源順（九一一〜九八三）をはじめ、数多くの歌人・文人たちとの交流が見える。彼等の交流は荒廃しつつあった河原院を舞台にしていることも多く、その文化史的意義は、犬飼廉氏「河原院の歌人達—安法法師を軸として—」（『国語と国文学』四四巻一〇号・一九六七年一〇月）以来、さまざまな視点から注目されている。なお、近藤みゆき氏「「河原院文化圏」再考」（『中古文学』一〇三号・二〇一九年五月）が指摘するように、彼等の「文化圏」は河原院という場所に限られない、より広い交流を含んでいた。

安法法師は、『天王寺別当次第』によれば永観元年（九八三）から永延三年（九八九）まで四天王寺の別当を勤めている。後藤氏は前掲書で、そこからも安法と、同じ摂津にある住吉神社の関わりがうかがわれることを指摘している。オの歌の「あら人神」という表現は、住吉の神の呼称としては古くから類例が見えるものだが、神の「現形《げぎやう》」を語る『伊勢物語』第百十七段と内容的に近いことが注目される。

ちなみに字音語「現形」は、仮名文はもちろん漢詩文にも古い用例が見出し難いが、仏典には、仏が衆生の前にさまざまな姿で現れることを言う語として、『妙法蓮華経』『大方広仏華厳経』等に数多く用いられている。すなわち「現形」は仏教語、仏典語として一般的な言葉であったと思われ、この点からも、法師である安法と『伊勢物語』第百十七段の関わりがうかがわれるのである。

『伊勢物語』第三十九段末尾部には、「天の下の色好み」として登場し、やや滑稽に語られている源至という人物について「至は、順が祖父《おほぢ》なり」という注記が加えられている。官職名や敬称も付けずただ「順」と名だけを記すその形から、これは源順本人か、あるいはきわめて親しい友人によって記された記述ではないかと考えられる。『安法法師集』には、次のように、不遇に苦しんでいた源順に贈った安法の歌が収められていて、順の動静を伝える貴重な資料となっている。

前和泉守順の君の、官《つかさ》たまはらで近江のやすのこほりにあるにいひやる

世をうみに思ひなしてやちかつえのやすのすまひに君がゆきけむ

このような詞書と歌からも、両者の親しい関係がうかがわれる。安法を第三十九段末尾注記の筆者、そして第百十七段の作者と考えることも、あながち無理なことではないように思われるのである。

六　『伊勢物語』の「神代」

『古今集』に収められた在原業平の次の二首には、ともに「神代」という語が用いられている。

『古今集』二九三・巻五・秋下

（二条后の東宮の御息所《みやすんどころ》と申しける時、御屛風に竜田川にもみぢ流れたる形《かた》を描《か》けりけるを題にてよめ

る）

ちはやぶる神代も聞かず竜田川唐紅に水くくるとは

同八七一・巻十七・雑上

二条后の、まだ東宮の御息所と申しける時に、大原野に詣で給ひける日、よめる

大原や小塩の山も今日こそは神代のことも思ひ出づらめ

この二首はともに、日本神話の「神代」を持ち出すことによって次代の天皇の母である二条后・藤原高子《たかいこ》、ひいては皇室を賛美・祝福したものであったが、それぞれ『伊勢物語』の第七十六段、第百六段に用いられて、そこであらたな虚構の物語が作り出されている。そして、それらの虚構化された物語の中でも、「神代」はやはり皇室に関わる語として用いられていた。この「神代」という語は、十世紀前半までの平安時代の和歌では、先に引いた業平の二首のほかには用例が見えない。「神代」を持ち出して皇室を賛美するという方法は、在原業平の和歌に特徴的に見られるものだったのであり、それはほぼそのまま、『伊勢物語』にも受け継がれていたのである（山本登朗『伊勢物語論　文体・主題・享受』〈笠間書院・二〇〇一〉第一章四、同『伊勢物語の生成と展開』〈同・二〇一七〉第一章二を参照）。

実は、検索可能な範囲内で、この「神代」という語が業平の歌の次に見出されるのが、先に引いた恵慶法師の、次に再掲するカの歌であった。恵慶が、業平の歌や『伊勢物語』を意識して、「神代」の語を用いてこの歌を詠んだ可能性も否定できない。

『拾遺集』五九〇・巻十・（神祇）・（住吉に詣でて）・恵慶法師

カ　われ問はば神代のことも答へなむ昔を知れる住吉の松

この歌と同時に詠まれた安法のオの歌には、「天下るあら人神」という表現があるが、ここには、天孫降臨した皇祖神の姿が重なる。このように、安法と恵慶の二首には、住吉の神と皇室の深い関係を強調しようとする姿勢が見えるのだが、それは、『伊勢物語』第百十七段と『住吉大社神代記』に共通して見られた、住吉信仰再興の動きとも重なっているように思われる。そして、このように考えれば、『伊勢物語』にこの第百十七段が加えられたことも、あながち不自然ではないように思われるのである。

十世紀の末ごろ、源順、安法、恵慶、またその周辺の人々によって、第百十七段を含めて、『伊勢物語』の最終期の増補や改変が行われ、『伊勢物語』は今の姿に近い形になったのではないか、第百十七段の存在は、『伊勢物語』の成立をめぐるそのような事情を告げているように思われるのである。

能〈剣珠〉復曲に向けて

関屋俊彦

はじめに

令和三年一月十六日に能「西宮」を謡おう！　実行委員会の主催、西宮フレンテホールで行われた私の講演記録に手を加えて『武庫川国文』第九十一号に「復曲能〈西宮〉再挑戦」と題して書く機会を与えてもらっている。それには能楽師吉井順一氏（平成二十九年九月逝去）の熱心なお誘いで能〈西宮〉を復曲したいきさつを拙著『続狂言史の基礎的研究』（平成二十七年三月・関西大学出版部）にも書いたことだが改めて述べているので参照されたい。同年十一月二十八日に廣田神社で行われた講演ではそれをレジュメにして話すだけの予定であったが、講演に先立っての打ち合わせで西井璋宮司のお話しを伺い、その後、訪れた西宮神社の吉井良英権宮司から私のレジュメに抜け落ちていた資料を紹介された。

又、大学の紀要に報告したということもあって、そろそろ反応も届いている。中でも田口和夫氏から剣珠の説話と応永の外寇は外せないのではないかとの御指摘もあったので、急遽レジュメに加え、少しは進歩した段階の話を進めることが出来た。更に本稿を執筆中に西原大輔氏の『室町時代の日明外交と能狂言』（令和三年十月・笠間書院）を入手出来たので、それも付け加えておきたい。

〈西宮〉と〈剣珠〉は兄弟関係にある曲である。曲りなりにも〈西宮〉については書いてみたが、その先行曲は私には〈剣珠〉と思える。ただ、〈西宮〉もそうだったが、〈剣珠〉にかかわっての先行研究は以下に述べる田中允氏の解題や金光哲氏程度しかない。〈西宮〉が類曲〈恵比寿〉と共に御当地ソングとして吉井氏によって復曲されていったことを踏まえて、西宮市民に周知を望まれるなら、次は〈剣珠〉への興味が向くであろう。それを考えてみようとするのが主旨である。

一　西宮神社歴代宮司著作

能〈剣珠〉〈西宮〉にかかわって宝物「剣珠」や「歌合」を含めた歴史認識について触れているのは、当然といえば当然であったが西宮神社歴代の宮司であった。実は関西大学図書館には吉井姓宮司の著作が結構多い。先の阪神淡路大震災を始めとして、中には寄贈本かと思われる自筆本で貴重書になっているものもあったので関大との絆の深さに改めて喜びを感じている。よい機会なので以下に紹介しておきたい。なお、世・代は現在の西宮神社権宮司吉井良英からコピーをいただいた「吉井家系図」によるものである。

吉井良晃（五十二代）

昭和十年十二月　『神社制度史の研究』（雄山閣）

昭和十一年十一月　『回顧随筆：古稀記念』（出版事情不明）

昭和十三年　『神国日本の顕現』（出版事情不明）

吉井良秀（五世）

大正十年七月　『武庫の川千鳥』（特別図書・和装本・十一丁）

昭和三年二月　『老の思い出　一名西宮昔噺』（出版事情不明）

昭和十二年一月　『剣珠』（谷口印刷所）。宝物「剣珠」についての基本書。

昭和十三年十一月　『大楠公の河内遺跡回り』（貴重書・自筆ペン字原稿二十三枚）

昭和五十一年五月　「盤橡樟船」「武庫郡式社記」（『西宮神社の研究』・西宮神社社務所）

吉井良尚（六世）

昭和十五年一月　『樟園余影』（限定版・追討集）

昭和十八年　『摂播史蹟研究』（禁帯出・全国書房）

昭和二十九年八月　『丹生山人余影』（編・兵庫県神社庁）

昭和三十七年九月　『吉井良尚選集』（吉井良尚先生古稀勤続五十年祝賀会）

昭和四十七年　「神功皇后の奉祭神社」（『神功皇后』・皇学館大学出版部）

昭和五十一年五月　「広田南宮と西宮」（『西宮神社の研究』・西宮神社社務所）

吉井貞俊（七世）

昭和四十八年七月　『伊勢参宮本街道』（角川書店）

昭和五十一年五月　「伊勢・志摩におけるえびす信仰」（『西宮神社の研究』・西宮神社社務所）

平成元年十一月　『えびす信仰とその風土』（国書刊行会）

平成五年七月　『遊行伊勢本街道：大阪から伊勢へ』（美学社）

平成八年一月　『西宮からの発想：阪神大震災記』（岩田書店）

平成十一年八月　『御堂筋図巻』（特別本・豆本・水間出版）

平成十二年一月　『阪神大地震図巻　直後図巻』（特別本・水間出版）

『阪神大地震図巻　五年図巻』（特別本・水間出版）

吉井良隆（五十四代）

昭和四十七年　「近世における神功皇后」（『神功皇后』・皇学館大学出版部）

昭和五十一年五月　「エビス神研究」（『西宮神社の研究』・西宮神社社務所）

平成二年七月　『神社史論攷』（西宮神社）

平成十一年三月　『えびす信仰事典』（戎光祥出版）

平成十四年十一月　『図説七福神：福をさずける神々の物語』（戎光祥出版）

平成二十一年十二月　『西宮神社史話』（未入庫・西宮神社社務所）

二　〈剣珠〉本文について

〈剣珠〉の蔵書について、写本は『続狂言史の基礎的研究』にも紹介したが、服部秀政手沢本（観世宗家）・上掛り番外謡二百番本（島原文庫）・浅野家蔵本と関西大学蔵本がある。ちなみに版本は正徳六年和泉掾本・元禄十一年田方屋伊右衛門本がある。

まず、関西大学図書館に入った吉田幸一旧蔵『福王流謡曲八百番』の中、貴重本になっている〈剣珠〉を翻刻して紹介したい。書誌は223×168㎜・四穴糸綴の黒覆表紙本に直接白墨書で曲名の〈剣珠・実験実盛・守・宗貞・長興寺〉が記されている。〈剣珠〉は冒頭に六丁分書写されている。息継ぎの「。」は「、」で表記した。翻刻する際に後述の『未刊謡曲集』『謡曲叢書』を参照した。

関大本の写本には、ほかに次の二点がある。この際、書誌事項だけ紹介したい。

一、新蔵生田本一番綴謡写本『剣珠』。鼠色覆表紙・223×182㎜・無地貼題箋98×44㎜・墨書「劔珠」・本文七丁半。朱奥書「観世家御改安藤御本ノ写也」。

一、出版事情不明五番綴写本『剣珠・黒河（クロカワ）・経書堂（きょうかくどう）・笛物狂（ふえものぐるい）・親任（ちかとう）』。薄茶数珠散模様229×162㎜・中央薄緑貼題箋89×104㎜・内題なし・墨付七丁・後朱角印「富田屋記」。

なお、間狂言は四世茂山忠三郎（平成十三年逝去）の作成されたもの。拙著の「能《西宮》の復曲について」でも紹介したが、むしろ〈剣珠〉に相応しい内容なので再録した。但し、実際に演じられたのか五世忠三郎氏に問い合わせてみたが、不明ということであった。

剣珠

[次第] ワキ・ワキツレ〽道のミちたる時とてや、〳〵、国々ゆたかなるらん、

[名ノリ] ワキ「抑是は当今に仕へ奉る臣下なり、扨も摂州西宮ハ霊神にて御座候間、此度君に御暇を申、只今摂州に下向仕候、

[上ゲ歌] ワキ〽住の江や長閑き波の浅香潟、〳〵、玉藻かるなる海士人の道もすくなる難波潟、行衛の浦も名を得たる、西の宮にも着にけり、〳〵、

[着キゼリフ] ワキ「急候間、西の宮に着て候、心静に参詣申さふするにて候、

[一セイ] シテ〽釣のいとなミ数々の、あまのよすかと、人や見ん、

[サシ] シテ〽面白や明くれ馴る浦里の、海士の見るめハかひもなく、只徒に往来の人、詠め休らふ心のいろ、しらぬを何とならハしの、身ハあま人のしるしなき、うき身の業をいかにせん、

[下ゲ歌] シテ〽心なき身も心して折々毎に慰むは、

[上ゲ歌] 〽海原や沖行船の朝朗、〳〵、何にたとへん世中の、行衛もしらぬ跡の波、たつかと見れハ春霞、おほろ〳〵とうつろふや、天津雁金帰るなる、名残の月も遠方《ヲチ》の有明になる、気色かな、〳〵、

[問答] ワキ「ふしきやな是成老人を見れは、釣針に魚を付ケ神前に捧け、渇仰の気色有、是はそも何と申たる事にて候そ、

シテ「さん候是は当社の御神事にて、今に初めぬ御事也、

ワキ「荒愚や本よりも、神仏一如の事なれハ、殺生をして手向るハ、拙かりける習ハしかな、

［下ゲ歌］シテ〽何御習ハしの拙なきとや、か丶る催しハ忝くも、伊勢太神宮諏訪鹿嶋に、生たる魚を備ふれは、深き誓ひに水ナ底の、うろくつ迄も浮ふなる、此年迄も此業サを、ならハしきぬる翁なるを、愚なるぞとのたまふハ、荒心せはや人により、神によりたる御誓ひ、賤しき我等より、其方そ愚なりける、

［上ゲ歌］同〽所は津の国や、〳〵、西の宮の神わさハ、いつよりの故共やおもひしらすハ何事も、仰を守れよそれ社は、只清浄の神わさ法の理りもかハらしな〳〵、

［問答］ワキ「いかに申候、剣珠の御社は何くにて候そ御教候へ、

シテ「此方へ御入候へ、是こそ剣珠の御社にて候、能々御拝候へ、

ワキ「迚の事に剣珠の謂委御物語候へ、

［クリ］地〽抑当社と申ハ、地神五代蛭ル子の尊、海上をしろしめすにより、此浦に地をしめ、おはします、

［サシ］シテ〽かそいろハいかに哀と思ふらん、同〽三年になりぬ足た丶て、只人の代のうつほ船、よるへ定めぬ浪路の底に、たつの都は久堅の、同〽あまの尊と、顕ハレ給ふ、

［クセ］地〽然るに海中のうろくつに、縁を結ひおく、釣のいとまの浪による、あまのしわさも神わさの、そのことのもとならすや、中にも御剣の珠の御殿は君か代の、曇らぬ催し世々をへし、神功皇后の御時に、新羅退治の其為に竜宮に使者をたて給ひて、干珠満珠の玉をめし異国を責随かへ海中にかへし給へる、其御祝ひの、御報ウとて剣珠を拝奉る夷狄降伏の守護神と定め給へり、

［上ゲ歌］シテ〽抑剣珠と申は、水精の玉の中に一つの利剣あり、明イ珠は何とめくれとも中にましますます御剣の見さきハ西に向ひつ丶、新羅退治の玉鉾の、道すくに治まり曇なき御代のか丶ミかな、

［ロンギ］シテ「荒有難の御事や、御身信心深けれは、曇らぬ剣珠の玉殿の御戸をあけ、まのあたり、拝ませ申さん待給へと、

［上ゲ歌］同〽云捨て帰る浪の、塩のひるこの沖の石に釣を垂る翁そと、釣リ竿を杖につきて濱宮に、帰りけり濱の宮にそ帰りける、

（中入り）

［問答］アイ「此所の者とお尋有。（呼出し常）先当社の御神と申は神功皇后より前、仲哀天皇御代と聞へ申候。其頃むくりは数万騎にて幾千万共知らす日本へ向ひ申候を、仲哀天皇一大事と思召れ候ひて、急き馳向はせられ候所に、むくりか射る矢を御きせなかの草摺に受けとめさせ給ひて、仲哀天皇は世をはかなく御成有たると申候。神功皇后は御懐胎の御姿成候か、夫トの敵をとらせはやと思召、龍宮へ御使を立られて干珠満珠の二つの玉を御かり有、干珠とは青き玉、満珠とは白き玉にて候、干珠満珠の玉の中に一つの剣有、玉はいか様にも働け共、中成剣は西に向ひて多くのむくりを亡し給ひて、玉を龍宮へ御返し有、夫より天下安全と成参らせ候、されは君子は若けれとも高位に望む、せそんは老ぬれとも頂祖に降る、所の神の御事を崇る、たとへはいか程も御座有とは申なから、殊に当嶋の御事は慈悲第一の御神なれは、大千世界かの鱗まても縁を結はんとの御誓にて、我等ことさまても当社の御宝に剣珠と申玉有と承り申候、其中に一つの剣有、むくりか方へ向て亡し今の我等こときまても安隠息災に御座候も、当嶋の御神の故と存候、惣て（如常）

（出端）

［上ゲ歌］地〽御殿忽鳴動して、沖にハ塩風頻にあれて、光ミち〳〵、おひたゝし、

［上ゲ歌］同〽沖の神体あらはれて、

［ノリ地］同〽沖の神体顕れて、〳〵、御代を守りのしるしを見せんと手つから剣珠の御戸の御鑰《カギ》を捧もつて、玉殿に飛行しあらハれたり、
シテ〽則御鑰を取直し、
同〽〳〵、からり〳〵と御戸を開けは、さもあきらかなる剣珠のよそほひ天にかゝやき地にミち〳〵て、光明かくやくとあらハれ給ふ、有かたや、
［舞］（子方登場し、シテと相舞カ）
［ノリ地］シテ〽神変寄特を顕して、同〽〳〵、珠の中なる剣の精霊、金剛勢力の威光を放つて、まのあたりあらたにめくらす、玉は数々に見ゆるや、くるり〳〵くる〳〵〳〵と、珠はめくれと剣のさき八西に向ひ、通力虚空に遍満しつゝ、一体分神の沖のあらえひす、あらふる神わさ、只是剣珠の威徳の謂、〳〵、曇らぬ御代こそめてたけれ、

三　〈剣珠〉復曲に向けて

田中允氏は〈剣珠〉を「田中下懸本解題」として古典文庫『未刊謡曲集』十七で扱っている。各曲解題を引用すると「剣珠異本（けんじゅ）［元禄十一年版四百番外百番（謡曲叢書・国書刊行会本謡曲末百番に翻刻）・樋口本・能勢本・井上本1・吉田本・島原松平本・関大本3・浜本本・上杉本・吉田本・元文写本」、樋口本・能勢本・井上本1・吉田本の福王系と元禄十一年版本系と底本・吉田本・上杉本の下懸系の三系統に大別されるが、

三者間に大きな異同はなく」（中略）、以下、『舞芸六輪』を引用し、「これによれば前段には女ツレ、後段には子方が出るが、三系統共ツレも子方も出ない。したがって、現存の剣珠はいずれも原作を簡略に改作したらしく、その改作によって数種の異本が生まれたのであろう。能本作者註文には禅竹作に千手重衡が見え、これは現行曲千手とは考え難く、あるいは「せんしゅ」は「けんしゅ」即ち本曲の誤りではなかろうか。もしそうであれば、本曲は弥次郎長俊の作となる」とする。『能楽大事典』（二〇一二年・筑摩書房）には観世長俊（一四八八？〜一五四一）は父信光の作風を受け継ぎ〈正尊〉〈輪蔵〉〈葛城天狗〉など戦国乱世の観客の好尚に対応し、ショー的・スペクタル的傾向があるという。

田中氏の引用されている『舞芸六輪』は今日では増補国語国文学研究史大成8『謡曲　狂言』（昭和五十二年・西尾実ほか編・三省堂）の『舞芸六輪次第』が本文としては正確なので、以下に引用する。

一、けんしゆ。して、まへハせう。つねのことし。大口・水衣。小袖に水衣も。つれ、女、つねのことし。後ハ、して、おきのあらゑひす。かみにハくろかしら、すきかふり・くちあけのめん。かきをもちて出ル。作物ハ宮のてい也。けんしゆ、此玉のうちにけん有。いつかたへまかせても、つるきのさきにしへむかふ。これハ、しんくうくわうくう、いこくたいちの御とき、御しん（護身）の玉也。おさなき物、つるきをもちて出ル。大口・袖なし、又ハ大くちニ小袖も。脇ハ大臣也。

「おさなき物、つるきをもちて出ル」とある通り、子方が出ていた。子方の重用は中世の稚児好みを反映しているものでもあろうし、田口氏の御教示によれば子方は剣珠の精霊で女武者（神功皇后）とも重なってくるのかも知れない。いずれにしても〈剣珠〉と〈西宮〉の成立はどちらが早いのかという疑問は残り、田中氏は長俊作とされているが、やはり〈剣珠〉の方が先だと考えている。その理由として、まず八百番謡本では「地」と「同」

の使い分けをしている。「地」は現在の地謡であるが、「同」は「同音」で舞台の登場人物全てが謡うもので、地謡の成立時よりは早い時期に成立されたものであると最近では考えられるようになっている。又、何より〈剣珠〉が少なくとも室町時代末には成立していたと判断されている『舞芸六輪次第』という装束付に記されていて、〈西宮〉は記されていないということである。装束付に記されているということは、謡の試作だけでなく、その能が実際に演じられていたことの証拠だというのが能楽研究者の理解である。

次に宝物「剣珠」は短文の中で字数を使って説明しているのが目を引く。秘宝扱いであった剣珠を能作者は実際に拝見したことが伺える。後シテの荒戎・黒頭・透冠・口開面の姿は平成十三年十月二十日、「廣田神社　御鎮座壱千八百年式年祭　記念　奉祝能『西宮』」が神社境内で行われた時のチラシでも確認出来る。その時のシテは山本勝一氏で面も山本家のものであったという。

謡本の冒頭は〈呉羽〉に酷似している。伊藤正義氏の新潮日本古典集成『謡曲集』中（昭和六十一年三月）から引用する。底本は光悦謡本である。読点任意。

［次第］ワキ・ワキ連〽道の道たる時とてや、道の道たる時とてや、〱、国々豊かなるらん、

［名ノリ］ワキ「そもそもこれは当今に仕へ奉る臣下なり、われこの間は摂州住吉に参詣申して候、またよきついでなれば、これより浦伝ひし、西の宮に参らばやと存じ候、

［上ゲ歌］ワキ・ワキ連〽住吉やのどけき波のあさかがた、のどけき波の浅香潟、玉藻刈るなる海士人の、道も直なる難波がた、ゆくへの浦も名を得たる、呉羽の里に着きにけり、呉羽の里に着きにけり、

ここから西原大輔氏の『室町時代の日明外交と能狂言』を紹介したい。天野文雄氏の論にかなり影響を受けられ、それを拡大されたようで、明に接近した足利義満、対明断交を実行した義持、遣明船を再開した義教と辿り、

能形成期こそは、まさに明朝が中華思想をむき出しで日本を圧迫した時代であった。この中華思想を日本中心・天皇本意（実は将軍を賛美）に換骨奪胎し、漢詩に対抗し和歌を根幹に置き、日本中心型華夷観を作り出したと能本は読み解くべきであると説かれているようである。作品としては〈白楽天〉〈放生川〉〈唐船〉〈呉羽〉〈善界〉〈岩船〉〈春日龍神〉と狂言〈唐相撲〉を取り上げられている。詳しくは同書を参照されたいが、能楽学会で知り合っている方々をなで切りにし痛快でもあるが、現行曲あるいは現代国際政治論に偏り過ぎるのではないかとの不安も残る。

〈呉羽〉に戻れば、西原氏は「「神功皇后、三韓を従へ給ひしより」とあるように、住吉大社の祭神神功皇后は、朝鮮征討で知られる。ワキ一行の目的地西宮にも、朝鮮半島遠征より帰国した皇后が創建したとされる広田神社が存在する」とされる。

干珠満珠については海幸彦山幸彦の話すなわち記紀等の神話によるものだとは誰でも気付くことであろう。吉井氏の復曲を拝見した時、海を能舞台でどう表現するのか個人的には気にしていたのだが、御殿の作り物の下の台に波の絵の幕が貼られている能楽師の知恵に納得した。

ちなみに「えびすさま『よもやま史話』」（二〇一九年十一月・神戸新聞総合出版センター）には三月三日の節句に西宮神社の拝殿に神宝「龍明珠」が開帳されるとある。なんでも「泉洲堺の何某が渡唐の際に入手し、延宝六年（一六七八）に江戸住人大坂屋七郎兵衛の娘しちが神社に寄進した」ものだというのである。広く堺の人にも西宮信仰は定着していた。

さて、金光哲氏は「謡曲「剣珠」成立の素材」（『中近世における朝鮮観の成立』一九九九年六月・校倉書房）で触れているが、大方は吉井良秀氏『剣珠』で既に指摘されている。すなわち永徳二年（一三八二）絶海中津が八月二十六日に「和前韻答崇大岳」で箕面周辺から「遂詣西宮之社。所謂剣珠者、蓋絶世之奇観也」(蕉堅稿)と讃嘆している。又、義堂周信は参加出来なかったようだが「柏庭帰京過西宮観俗所謂剣珠者。余以疾不能同行。作偈奉贈。」の詞書に続けて「袖裏摩尼一顆圓　霊光夜射九重天　若従沙竭宮中過　龍女神珠不直銭」(『空華集』)との祝詞を贈っている(以上、『五山文学全集』による)。禅宗の高名な僧が既に知っていた点は注目すべきである。それ以前、『日本書紀』『二十二社本縁』等では、いずれも「如意(宝)珠」という言い方であった。後白河法皇の集められた今風にいえば歌謡曲集『梁塵秘抄』は一一六九年末には成立していたといわれるが「浜の南宮は如意や宝珠の玉を持ち須弥の峰をば櫂として海路の海にぞ遊うたまふ」でも「如意や宝珠の玉」とされている。良秀氏は「余始め若も如意珠は或時代に亡く成つて了つて、今の剣珠は後の物で、真の如意珠は最早無いのでは有るまいかと稍疑念を抱いて居た事も有つたが、此空華集の詩を見て始て、吉野朝頃に俗には剣珠と云ふた事が明瞭に知り得られて、大に悦に入つて安堵の思ひをした」と述べている。永徳二年という年号に着目するなら絶海が四十六歳、義堂が五十七歳、義満は二十四歳で、その三年前に花の御所を造営し、義満の栄華の時代に入っていた。世阿弥は十九歳ころである。

良秀氏が剣珠は当初は如意宝珠と称されていたとの認識は「謡曲の剣珠及西宮」でも紹介されてもいる。更に『西宮神社の研究』を書かれていているが、それには「真中に凡そ一寸二分ほどの剣の形が顕れている」とある。水晶玉の寸法は現在でも寸尺で表すそうである。モノクロ写真だが入手しやすいのが、今でも西宮神社で販売されている『西宮神社史話』である。剣珠は廣田社の別宮浜南宮に奉斎されていたので、徳川時代まで西宮社に保管されていたという。謡本の道行は西宮を目指しているのもそれを背景にしているのであろう。

そのほか剣珠の歴史的認識についても良秀氏は年譜仕立てできちんと整理されている。ところで、『剣珠』が昭和十二年に書かれたというところにも注目したい。世の中は次第に戦時色一色に染まっていく時代である。「神国日本」が強調され、宝物「剣珠」は西からの敵と戦うためにあると現代のような国際的緊張の時代と照らし合わせてもっと宣伝されてもいいのではないかと思えるほどである。しかし、良秀氏は極力筆を抑えていらっしゃる。ほかのところで書いておられるが、どうやら川瀬一馬氏と懇意にされていたようで歴史的情報も川瀬氏から教えてもらっていたようである。川瀬氏は『日本書誌学の研究』を著された今から見ても大変な碩学である。その方と懇意だったということだけで、感心させられる。惜しむらくは、古記録収集の際に、たとえば『万葉集』三八九五「玉はやす武庫の渡りに天伝ふ　日の暮れゆけば家をしぞ思ふ」も剣珠のこととされていることである。「玉はやす」は「武庫」の枕詞ではあるが現在でも万葉研究者の間では剣珠を指すとは考えられていない。さて、廣田神社は歌合で有名であったことは「復曲能〈西宮〉再挑戦」で述べた。重複することになるが、武田元治氏『広田神社歌合全釈』（平成二十一年・風間書房）を見ると、承安二年（一一七二）道因（藤原敦頼）が勧進し、広田社に奉納された。判者は藤原俊成であった。ひとつ例を挙げる。「七番　左　名にしおはば西てふ神を頼みおかんそなたを遂に願ふ身なれば　俊恵」。歌合全体を通してみても廣田社内に限っているが、肝心の剣珠については歌われていないことに気付かされる。そして、ここが肝心なのだが、あくまで「西方浄土往生を願う」ことが歌合全体を通してテーマとなっている。別に専守防衛を意識しているものでもない。ましてや戦争を仕掛けることを意味しているのではない。大治三年（一一二八）『南宮歌合』は摂社西宮のことだが、こちらも同じことである。

『満済准后日記』は六麓会報告の時、稲田秀雄氏から示されたものであるが、応永二十六（一四一九）年六月に次のような記載がある。「廿九日。壬寅。今月十五日美濃南宮社檀振動由注進云々。貴布禰山崩云々。日時事未分明注進云々。西宮剣珠向東云々」とある。どうやら美濃で地震があって貴船の山が崩れ、その時、西宮の剣珠が東を向いたという。直後の七月二日に「異国調伏御祈事」とか同廿三日「蒙古巳発向対馬。両方死人数輩在之云々」更に同八月七日「文永弘安之例」（『満済准后日記』・続群書類従補遺所収）にとある。結局、元寇の恐怖は応永のころまで続いていたのである。

四　神功皇后説話

太田弘毅氏の『倭寇』（二〇〇二年・春風社）を引用すると「応永の外寇とは、応永二十六年に、李氏朝鮮国の太宗が、日本の対馬に対して侵攻・寇掠（こうりょう）を加えた事件である。朝鮮は建国以来、倭寇の活動に悩まされていたが（倭寇とは日本人を主とした海賊。それも）鎮静化しつつあったが。しかし、倭寇活動の再発を懸念する朝鮮は、倭寇の根拠地を一掃する目的で、艦船を対馬へと向けた。大軍だったのですが、まもなく撤退していった。日本側では、応永の外寇を、蒙古さらに高麗の襲来と誤って把握した」「そうなると、国難を救うべき八幡大菩薩への信仰が、断然クローズアップされ」てきた。具体的には八幡大菩薩の祭神とされている神功皇后の復興であったのが背景にあったということなのである。能〈唐船〉には応永の外寇の影響があったのではないかというのが山中玲子氏の御論考（『銕仙』321号・一九八四年）で早い段階の説である。西原大輔氏もそれを引きつつ、「現代にこそ読み直されるべき作品」で元雅作とされる。

将軍足利義満は元寇以来中断していた中国との国交を応永八年に再開し、倭寇を鎮圧し、明の冊封を受けてもいる。中国の名僧も招き五山の制度も作り、能から見れば、禅宗的考えは世阿弥伝書にも大きく影響を与えている。応永の外寇は義持の時代になるが、その流れの中で起こった事件だった。

西原氏は〈放生川〉の論において応永の外寇で異国襲来の流言を『看聞日記』の応永二十六年五月二十三日から各地に起こった異変について時間を追って引かれる。その中で「西宮の荒戎宮も震動した」「軍兵数十騎が広田神社から出陣して東の方に向かった」「その軍兵のなかに女性の騎馬武者が一人いて、その者が大将のようだった」とされているのが廣田・西宮神社関係である。「女性の騎馬武者」とは神功皇后を指すものであろう。

狂言研究者の立場から稲田秀雄氏も「小舞〈柴垣〉考」で神功皇后を取り上げられて『狂言作品研究序説』（二〇二一年一一月・和泉書院）にも載せられている。主として宮次男氏の説を受けられているようだが、要約して紹介しておきたい。中世においての神功皇后のイメージは「神功皇后は応神天皇＝八幡神の母とされるゆえ、外征伝承を中核とする神功皇后説話は、おびただしい数の八幡縁起の中に摂取されている」とされ、「能においても、世阿弥の〈箱崎〉をはじめ、〈玉嶋川〉〈香椎〉〈異国退治〉等の曲が神功皇后関連説話を素材としており、多武峰延年大風流〈干珠満珠両顆事〉や祇園会の風流〈占出山〉〈船鉾〉にも仕組まれている」との抜かりない御指摘がある。

おわりに

私は、ほとんど狂言研究を出発点にしてきたし、伊藤正義先生を始めとした厳密な研究態度になるべく徹してきたつもりだったので、狂言の台本は『天正狂言本』以前には遡れないものだから作品を読む時はどうしても戦国時代を念頭に入れて研究してきた。能〈剣珠〉や〈西宮〉は現行曲ではないし、成立となるとどこまで遡れるのか慎重にならざるを得なかった。田口氏は、そこを飛び越えて応永の外寇まで視野に入れたらどうか、もっと積極的になりなさいと応援してくださっていると肯定的にとらえたく思う次第である。能の研究では時代背景を考慮して作品研究を考える方法が取り上げられる傾向が増えている。

いずれにしても元寇の恐怖は応永の外寇で再燃したのである。

〈剣珠〉を復曲する際に留意すべきは、以下も田口氏からの御意見を取り入れたが、よりよい復曲とするため、更に大方の御意見を賜りたい。

一、前場に女登場。後場になって稚児登場。

一、剣を持つ稚児の見せ場がある。

一、トメでは、シテと稚児の相舞となる。

とりあえず私の結論だが廣田（西宮）神社は平安朝のころは西方極楽浄土を祈る場であった。中世、西からの恐怖が西を守る神へと変質させた、応永のころ外寇事件が起こり、恐怖がよみがえり、絶海と義堂という禅宗の名僧が駆けつけるほど廣田神社の剣珠は有名になり、能〈剣珠〉まで創作されたと、これは私にしては思い切った考えである。

能楽は変化したからこそ生き残ったとは表章氏のことばだ。廣田神社の宝物も如意宝珠から剣珠へと名を変えて生き残ったとは、繰り返して申さなくてはなるまい。

なお、廣田・西宮神社が平安朝に歌合せで有名であったことを踏まえ、もっと踏み込んで「歌の神社」としてのメッカになってもいいのではあるまいかとの考えも西井宮司に申し上げたことであった。私は残念ながら出席していないが、既に廣田神社参集殿で平成十三年十月十三日に「御鎮座壱千八百年式年祭　廣田神社現代歌合」が盛大に行われている。又、西宮神社では『えびすさま「よもやま史話」』に七夕の時、「八代集」が拝殿に陳列される伝統が今も残っているということである。具体的には、和歌・連歌・謡曲・連句・短歌の一大発信地を目指されてはいかがかというのが銘酒をいただいた時の提案である。岩倉具視邸（「六英堂」）が西宮神社にあることももっと顕彰されてしかるべきだと思われる。

【付記】本稿は、科学研究費補助金基盤研究（C）「大阪能楽会館蔵書解題目録の作成ならびに茂山千五郎家と青家のかかわり」（課題番号18999955研究代表者　関屋俊彦）に基づく研究成果の一部である。

河添房江・皆川雅樹編『「唐物」とは何か』（勉誠出版、二〇二二年十月）に、コラム「能・狂言と唐物―日明貿易と応永の外寇のはざま」を執筆。

尾崎士郎『人生劇場』（青春篇）のアダプテーション
――昭和戦前期の演劇化と映画化をめぐって――

関　肇

尾崎士郎の連作長篇小説『人生劇場』は、第一部「青春篇」が、一九三三年三月一八日から八月三〇日にかけて『都新聞』第一面に連載され、その後しばらく出版の見込みがないまま筐底にとどめられたが、翌々年三月にようやく竹村書房から単行本として刊行された。それまで文壇的には不遇だったこの小説が、出版後まもなく川端康成の絶讃により一躍大きな脚光を浴びるようになったことはよく知られている。その世評が高まるにつれて、『人生劇場』は小説ジャンルにとどまらず、演劇や映画へとアダプテーションされ、幅広い人々に享受されていくことになるが、その実態についてはほとんど解明されていない。

そこで本稿では、『人生劇場』第一部「青春篇」が、どのようにして小説から演劇へ、さらに映画へと置き換えられていったのか、それらの演劇や映画は原作とどのような距離をとっているのか、さらにアダプテーションとしての演劇と映画は相互にどのような関係にあるのか、といった問題について考察してみたい。なお、ここでは同時代のコンテクストのなかで検討するために、昭和戦前期における主として新作のアダプテーションに対象をしぼることにする。

一　新築地劇団と新劇コンクール

小説『人生劇場』をいち早く演劇へとアダプテーションしたのは、新築地劇団である。小山内薫の死後まもない一九二九年四月、築地小劇場が内部対立により分裂し、創立メンバーの土方与志を中心として新築地劇団は結成された。その翌月には金子洋文の「飛ぶ唄」と片岡鉄兵の「生ける人形」で旗揚げ公演を行い、進歩的な演劇活動を活発に展開していくが、検閲の強化や上演禁止など、官憲によるプロレタリア演劇の弾圧が激化するのに苦しめられることになった。そして一九三四年七月のプロット（日本プロレタリア演劇同盟）解散を契機として、新築地劇団はそれまでの路線を変更し、「劇団員の職業的自立を「大衆化」の問題としてとらえ、それと新劇運動の関連を探求していった」[1]とされる。そうした中で、一九三五年下半期に行われた新劇コンクールにおいて、新築地劇団が「人生劇場」（青春篇）をそのエントリー作に選んだのである。

新劇コンクールは、東京における新劇関係の雑誌『劇作』『劇と評論』『新演劇』『舞台』『脚本』『演劇新論』『テアトロ』を発行する七社の共同主催によって行われた、日本で最初の試みであり、日本新劇倶楽部加盟の六劇団（新築地劇団、築地座、創作座、新協劇団、テアトル・コメディ、金曜会）が参加することになった。各劇団はそれぞれのスケジュールによって上演する演目をコンクールに登録し、一九三五年一〇月から一二月にかけて連続的に競演していく。それらを新劇雑誌各社がそれぞれの立場と方法によって比較論評し、その結果を翌年一月の各誌上に発表するというものだった。[2]

新築地劇団による「人生劇場」の上演は、新劇コンクールの先頭を切るかたちで、一〇月二五日から一一月四日まで築地小劇場で行われた。[3] その脚色を手がけたのは村田修子で、プロレタリア演劇研究所で学び、東京左翼劇場の移動演芸部「めざまし隊」での活動を経て、新築地劇団文芸部に入り、「人生劇場」が最初の脚色の仕事だった。演出は千田是也が引き受けた。千田は当時まだ劇団員ではなかったが、翌年二月から正式に入団し、やがて精力的に劇団を牽引していくことになる。また、舞台装置を担当したのは、尾崎士郎の原作「人生劇場」が『都新聞』に連載時にその挿絵を手がけた中川一政で、彼は千田の義兄でもあった。ただ、中川によれば、「あれは千田の考と私の考とを、小劇場の装置主任が表現したので、私自身の考は非常にアブストラクトで、実際と費用に限定されると、素人の悲しさにあんな風になつたのである」（「無題」『観客』一九三六・三）という。

その上演前における稽古場の風景を紹介した新聞記事には、「休む間もなく原作者尾崎士郎氏を囲んで役の解釈、演出上の議論が真面目に繰り返されるのだ」（「飄逸な挿絵に血が通つて生きる『人生劇場』／新築地劇団が今日から上演」『都新聞』一九三五・一〇・二五）とあるとおり、尾崎もまた熱心に関わった。晩年に彼は、『小説四十六年』（一九六四・五、講談社）で当時を次のように回想している。

〔…〕何しろ金がないので舞台装置は、文字どおりの間に合わせだったが、俳優が、みんな若い上に、意欲に燃えているので、千田是也の情熱的な強引きわまる演出が意外な効果を奏した。配役は、父親の瓢太郎が薄田研二で、瓢吉が中江良介、吉良常が丸山定夫で、これは非常に好評だったが、途中から病気で出られなくなり、佐々木孝丸がこれに代わった〔注、正しくは佐々木が初日から二七日まで、二八日以降は丸山が演じた〕。二人とも対蹠的でありながら、ともにはまり役だった。上演は二十日〔注、十一日間の誤り〕で終わったが、最後の晩は、私が舞台に立って一席挨拶をした。そのとき「新築地」の芝居ではじめて収益をあげたのはこの作品であるというので、私は大いに面目をほどこした。もっとももうかった総額が二百円足らずだったということだった。

ここに名前の挙がっている薄田研二、丸山定夫、佐々木孝丸らのベテランや新人の中江良介のほかに、永田靖の夏村大蔵、島田敬一の吹岡早雄・甚（二役）、浮田左武郎の高見剛平・三平（二役）、武内武の新海一八、柏原徹の黒馬先生・丘部小次郎（二役）、本庄克二の呑み込みの半助、さらに女優では、本間教子のおみね、日高ゆりゑのお袖、近江つや子のおりんなど、劇団員が総出で演じた。

この「人生劇場」劇は、五幕一〇場およびプロローグとエピローグで構成されている。プログラムに示された場割を掲げる。

プロローグ
第一幕（辰巳屋）
第二幕（瓢吉の下宿）
第三幕　第一場（辰巳屋）　第二場（上野公園）
第四幕　第一場　A（教室）　B（待合）　第二場　A（幕前）　B（柳水亭）　第三場　A（講堂）

第五幕　第一場（辰巳屋）　第二場（どぶろく屋）　第三場（辰巳屋）

B（戸山ヶ原）

エピローグ（幕前）

主人公の青成瓢吉が父瓢太郎の無鉄砲でひたむきな愛情を受けて育つ小中学校時代から、早稲田での銅像問題やお袖との恋愛、瓢太郎のピストル自殺があり、瓢吉が帰郷して父の葬儀を済ませて郷村を去るところまでで幕が閉じられる。舞台化されたのは、小説全体のはじめから約四分の三までの部分となる。

脚色者の村田修子は、「脚色の動機が唯、瓢太郎への感激であり、はじめ百枚ほどの瓢太郎の芝居としてまとめあげたかつたのであるが、遂に百九十枚の茫漠たるものになつてしまつた」（「『人生劇場』脚色感想」『脚本』一九三六・二）と述べているとおり、もとの脚色では、小説の中の主要なエピソードを各場面に取り込みながらも、明確な焦点を結んでいなかった。これを演出するにあたって、千田はいくつかの改変をほどこしている。

上演直前の熱心な稽古ぶりを報じた前述の新聞記事（『都新聞』一九三五・一〇・二五）には、千田の談話が掲げられ、「御承知のやうに「人生劇場」はあ、云ふ小説で、話し方の面白さが主要な持味になつてゐるので、芝居に纏めることは非常な難かしさです／原作には奇人が沢山出て来て面白いが、芝居では副人物の面白さにつられず、邪劇にならぬやうに注意しながら出来るだけ真正面を向いて行かうと思つてゐます」というが、プロローグ、第三幕第一場、第四幕第一場Bおよび第二場A、エピローグは、いずれも村田の脚本にはなく、新たに加えられたものである。

このうち、プロローグとエピローグの詳細は明らかでないが、第三幕第一場は、中学を卒業して上京することを決意した瓢吉が、瓢太郎と別れの酒を酌み交わす場面にあたる。第四幕第一場Bでは、早稲田に入った瓢吉が大隈夫人の銅像問題反対の声をあげる第一場Aに続くかたちで、その弾みのついた感情にまかせて、烏森の待合に行くが、新橋芸妓の光龍になった幼馴染みのおりんには会えずに、はじめて芸者買いをすることになる。それに次ぐ第二場Aは、瓢吉が慷慨青年の新海や話術に長けた吹岡らの学友と大言壮語するさまを示す。その「青春篇」という名にふさわしく、瓢吉の理想と恋愛のはざまを彷徨する青春が前景化されているのであり、とりわけ第四幕にもっとも多くの場数が割かれていることから分かるように、学校騒動を軸とする瓢吉の学生生活に舞台の力点が置かれている。

さらに千田の談話には、「相当歌舞伎座的な誇張を取入れながらリアリズムで押して行きます」ともあるが、そうした誇張された様式的な演出は、学生たちの扮装や振る舞いなどに示されたらしい。たとえば、当時の劇評には、「東京の場になつて、瓢吉の学友、武内の新海一八、島田の吹岡早雄、永田の夏村大蔵などみな一くせある学生がうまい出来だ。殊に島田は無理がなく面白い。武内が大うけである。斯ういふ学生は、実は誇張された人物ではなく、大正五六年頃の政治学生気質にして事実存在してゐた人物である。演出が様式化されてゐるにも拘はらず、みな写実的に見えたのは、やはり原作の面白さをうつしたためであつて、舞台でも成功してゐる」(品川山二郎「続新劇見物記」『演芸画報』一九三五・一二)と記されている。

また、舞台の場面転換における演出には、見立ての手法による幕間劇も採り入れられた。第三幕第一場から第二場にかけては、瓢吉が瓢太郎と別れの酒を酌み交わして東京に向かい、上野公園で夏村大蔵や呑み込みの半助と再会することになるが、その幕間劇では、瓢吉が汽車に見立てた花見客たちに取り囲まれて上京していくのである。同様の汽車に見立てた幕間劇は、第五幕第一場から第二場にかけて、瓢太郎の死の知らせを聞いた瓢吉が故郷に戻る際にも演じられた。

こうした様式的な誇張や奇抜な趣向を採り入れた千田是也の演出は、その前年九月に新劇の大同団結によって結成された新協劇団の村山知義や久保栄たちに代表される、いわゆる社会主義リアリズムに対する不満にもとづくものであった。のちに彼は、この時の演出について、「新協の村山君や久保君たちの堅くるしくて平板な〈社会主義的、ないしは発展的、反資本主義的リアリズム〉芝居が退屈でがまんがならず、リアリズムの幅のひろさ、多様さ、民衆性をもとめて、私なりにやきもきしていたらしい」、「この世の中を変えようとする作者なり演出家なり役者なりの想いが、その芝居の語り口に、描写や体現に、じかにあらわれているような芝居が、もっとたくさんあっていいような気が私にはしていたのであった」と説いている。(4)

この実験的な演出の試みに対しては、「第三幕の辰巳屋の親子酒の場面から上野公園に移るところなども、花見客を汽車に仕立てるやうな茶番染た手法を用ゐなくとも暗転させたゞけでもその経過は見せられるではないか、これでは却て安手になる、演劇のスペクタクル性を尊重し過ぎて失敗した一例とみるべきであらう、裏で聴かせる擬音や音楽にも必要以上のものが相当ある、適度を越えると蒼蠅くなるものだ」（K生「新築地の「人生劇場」──小説劇化の困難」『都新聞』一九三五・一〇・三一）という批判もあった。しかし、これとは逆に、「千田是也の演出は即ち写実、即ち様式といつた半様式的にまとめ、そこに新らしい一つのスタイルを創造しやうとする所にその意図は認めらるべき」（大山功「遙かなる展望──新劇コンクール批判」『新演劇』一九三六・一）、あるいは「千田是也氏は、浮き出したやうな派手な演出法を用ゐて歌舞伎調の型式を採入れ、「夢多き青春」を相当高い調子で謳ひ上げることに成功してゐた」（土方正巳「新劇五十日──コンクール観戦記」『テアトロ』一九三六・一）といった好意的な見方も示された。

また、各俳優の演技では、薄田研二の瓢太郎、丸山定夫の吉良常、そして中江良介の瓢吉がおおむね好評だった。一例を挙げれば、前掲「続新劇見物記」にはこうある。

〔…〕薄田研二の父瓢太郎が一番光つてゐた。この役はしかし彼に打つてつけでもある。誇張せずにみつちりやつてゐてい丶。瓢吉を訓育する彼一流の無鉄砲なやり口がうまいし、これから金は送れぬ。送つて貰はぬ、死んでもひとりで大学を出て見せると力みかへる倅を見上げ、さも頼もしさうに「よう、瓢さんえらいぞ！」といふ所など自然のなかによく人物を現はしてゐた。丸山の吉良常、面白い人物だが、これもよく出てゐてい丶。芸の力で見せる。結局芝居はこの薄田、丸山の二人になると見ごたへがあるのも争はれぬ。だが感心したのは中江良介といふ新人の瓢吉である。これは勿論芸があるわけではないが、人物の解釈と、演出者の意図を素直に咀嚼した手柄であらう。原作にさへ近づいた人物をよく現はして遺憾がなかつた。少しも巧まずに演技が見てゐて楽しいのはえらい。

ただ、看板女優の山本安英が欠けていたこともあって、「この劇団は女優群がずつと落ちるので芝居が損をしてゐる」（同前）とも評されている。

新劇コンクールにおける「人生劇場」の成績は、総じて高いものではなかった。[5] その要因には、脚色にまとまりが不足していたこと、千田の演出における写実性と様式性との不調和、舞台装置が貧弱だったこと、女優陣の演技が振るわなかったことなどが挙げられるが、なかでももっとも非難が多かったのは、この演目が戯曲によるものではなく、小説を脚色したことにあった。

各劇団が新劇コンクールに登録した演目の中で、「人生劇場」は唯一の小説からの脚色であり、しばしばそのことが問題視された。脚色ものは、「小説としてのネームバリユーに頼つての興行であることは、一目瞭然である」、「警告は、たゞ一つである。最上の戯曲を、その戯曲の内的生命の命ずるまゝに、忠実に舞台上に表現することである。そこに自ら新しい途が拓かれる」(編輯部「新劇コンクール批判」『劇作』一九三六・一)、「兎に角、脚色は本道ではない。邪道なのである。この点だけでも、コンクウルに於てまづ既に大きな損失を自ら招いたものであると云つて可い」(舞台社「新劇コンクウル審査」『舞台』一九三六・一)など、厳しい意見が散見される。

しかし、ここで注意が必要なのは、新築地劇団の「人生劇場」が、原作の忠実な再現を目指すものでは決してなかったことである。雑誌『テアトロ』の編集発行人である染谷格は、そのことを正確に指摘している。新劇コンクールの発起人の一人でもあった彼は、同誌の特輯「新劇コンクール総批判」(一九三六・一)の巻頭に「五劇団・一九三五年下半期」という批評を掲げている。それによれば、原作では、「瓢太郎から瓢吉に通つてゐる「精神」のやうなものが、吉良常などによつて、なにか勿体ぶつて説明されてゐるが、その精神が中心になると非常に危険な、時代錯誤のイデオロギーが色濃く出て来る。その危険を、脚色者はどこまで意識したか、実際に現れたところによると、原作をばらばらにして再構成したとは思へず、むしろ原作にやつと追ひすがつて行つた程度である」とされる。そうした批判に続いて、彼は演出についてこう述べる。

〔…〕演出は明らかに瓢太郎精神とでも名づけられるイデオロギーは重視してゐない。学生運動を精細に描き出して、時代の流れを語らうとしてゐる。そして脚色に加へた多くの補足は、この流れをリズミカルにして基調はリアリズムでありながら、リアリズムの演劇とはしかつめらしいものではないといふことを教へるためにかなり役立つてゐる。演出上取られたいろいろの大胆な手法は、心なき批評家が、演出者千田の物好きとか思ひつきとかと簡単に片づけ去つたやうなものではない。そこには学ぶべき多くのものがあつた。

しかも尚、原作の、そして脚色もそこを脱出し得なかつたところの、否定的なものに対する偏愛は、どうにもならなかつた。学生騒動は、瓢吉のなかの、瓢太郎譲りの「精神」から発生した！

ここで染谷は、千田の演出が、原作に色濃く出ている義理人情にもとづく「瓢太郎精神」の反時代的なイデオロギーを重視せず、瓢吉を中心とする「学生運動を精細に描き出して、時代の流れを語らうとしてゐる」ものと捉え、一定の評価を与えている。千田が採り入れた、既成のリアリズムの殻を破ろうとする新しい手法についても理解を示す。にもかかわらず、学生騒動における瓢吉は、いまだ「瓢太郎精神」から脱出しきれていないとされる。言い換えれば、原作を貫いている「瓢太郎精神」を否定しようとしていることを認めたうえで、それを乗り越えていくべき瓢吉の姿が十分に舞台に表現されていないというのである。

新築地劇団の「人生劇場」は、翌年六月二四日と二五日の二日間、大阪の朝日会館で再演されることになるが、その際に千田是也が『会館芸術』（一九三六・六）に寄稿した「『人生劇場』是非」には、「東京に於けるわれ〳〵の「人生劇場」が、未だ〳〵「瓢太郎精神」に溺れ過ぎてゐるといふ批判を受けたが、これはコンクールに於ける全批判を通じての、われ〳〵にとつての一番痛い批判であつたと思ふ」と記されている。しかも重要なのは、同じ文章に「人生劇場」を演じる劇団としての姿勢が、次のように示されていることである。

最後に小説「人生劇場」の基調をなしてゐる所謂「瓢太郎精神」といふものとわれ〳〵の劇団の主観との

開きを今度の大阪上演に於ては東京に於けるよりも一層はつきり示したいと思つてゐる。原作者は封建的な「瓢太郎精神」といふものに余りに溺れ過ぎてゐるやうに思はれる。私達は瓢太郎の息子である瓢吉の内部に於ける「瓢太郎精神」と「近代的精神」との矛盾葛藤の摘出――さういふ矛盾を蔵してゐる瓢吉の近代社会との矛盾葛藤との〔ママ〕摘出に力を入れたいと思つてゐる。

この大阪公演では、千田は俳優として吹岡を演じ、演出は新築地劇団に入ってまもない山川幸世が担当した。五幕一〇場にプロローグとエピローグという構成や舞台装置は、そのまま踏襲され、主要な配役も東京での上演と大きな変化はないが、プロローグとエピローグ、および二つの幕間劇のための主題歌が作られたことが注目される。[6] 実際の朝日会館の舞台では、これらの歌が久保田公平により独唱された。[7]

そのプロローグの主題歌は、「オーイ役者よ　裏方よ／舞台の用意は　もういゝか／こゝらで一つ　ジジ人生の／芝居の幕を　あけようか」という口上で始まり、「どんな芝居が　はじまるか／中味は見ての　御帰りだ／さて今幕を　あけますが／お待ち下さい　御客様／／筋を貫く　義理哲学／これだきや一寸　御用心／眉につばする用はないが／まきこまれぬやう　御用心」というように、「瓢太郎精神」に溺れ過ぎないよう、観客に注意を促している。二つの幕間劇で歌われるのは、それぞれ「花道」「一栄一落」と題された、詩吟やサノサ節をまじえた陽気で軽妙なものである。そしてエピローグの主題歌においては、主人公の瓢吉とも距離を置くべきことが再び強調されている。

こゝらで幕を　切りますが

人生の芝居は　まだ終らない
瓢吉はこれを　きつかけとして
新らしい一歩を　踏み出すでせう
わが主人公の　落ちゆくさきは
どんな風雲が　まつてゐるのか

だが一寸御待ち下さい　御客様
私達が舞台から　皆様方に云ひたいは
瓢吉讃美ぢや　ないのです
チヨイ御考へ　願ひます
汽車ではないが　人生の
歩みは日増しに　早くなる
うつかりなさつて　皆様も
時世におくれぬ　勉強勉強

多様な仕掛けをほどこした新築地劇団の「人生劇場」は、その初演について、「芝居は甚だしく面白かつた。近来にない程の興奮をおぼへたといつても決して過言ではない」（前掲・大山功「遙かなる展望――新劇コンクール批判」）とあるように、識見に富む演劇評論家をも少なからず楽しませた。興行的にも、「観衆にうけてゐたのは事実だ」、

「これだけのお客をよんだことは、新築地劇団のために喜ぶべきことである」（前掲「続新劇見物記」）とされる好成績を収めた。新築地劇団の経理を担当した森信三のいうとおり、「「人生劇場」は、沈滞した新築地が飛躍するための基礎固めに大きな役割を果たした（中略）画期的な公演であったといえる」[8]ことは間違いない。

同時に、尾崎士郎の小説『人生劇場』の評判は、この演劇化によって、活字メディアとは別な新しい享受層の開拓につながった。続いて公開される映画「人生劇場」は、その享受層の裾野を一層拡大していくことになるだろう。

二　日活多摩川と文芸映画

映画「人生劇場」は、内田吐夢監督により日活多摩川撮影所で製作され、二・二六事件が起こる直前の一九三六年二月一三日から劇場公開された。フィルム一二巻、二時間近くの長尺ものであり、この年の『キネマ旬報』ベスト・テン第二位を獲得することになる。

内田吐夢は、一九二〇年に横浜の大正活映に入り、トーマス栗原監督や文芸顧問の谷崎潤一郎のもとでの裏方や俳優の仕事を振り出しに、マキノ映画製作所やいくつかの小プロダクションを経て、一九二六年に俳優として日活京都に入社する。やがて監督に転じて、初期には軽妙なタッチの小品喜劇や、小杉勇、入江たか子主演の傾向映画「生ける人形」（一九二九年）、ヴィクトル・ユゴーの『レ・ミゼラブル』を明治開化期ものに翻案した「ジャン・バルジャン」前後篇（一九三一年）などを製作して注目された。しかし一九三二年、日活の経営合理化による人員整理に反対して、監督の村田実、伊藤大輔、田坂具隆、俳優の小杉勇らと連袂退社、彼らと設立した新映画社は半年も続かずに解散し、新興キネマに身を寄せていたが、一九三五年三月に日活現代劇部の多摩川撮影所に入社した。以来、「人生劇場」を手はじめとして、五年後に退社するまでに、「生命の冠」（山本有三原作、一九三六年）、「裸の町」（真船豊原作、一九三七年）、「限りなき前進」（小津安二郎原作、同年）、「土」（長塚節原作、一九三八年）などの問題作を次々と発表することになる。[9]

そうしためざましい活躍の起点となった映画「人生劇場」について、のちに内田はこう語っている。[10]

日活復帰第一作品がこの『人生劇場』で、この作品からシナリオ・ライターの八木保太郎君と組むようになりました。だいたい、ぼくは尾崎士郎氏のこの原作にすっかりほれこんでいました。いわゆる、古い封建的な生活へ対する青年的な反抗、没落して行く田舎の旧家や、人間的なヤクザ、そして大学騒動を通じて成長した主人公が、最後に家を借金とりに渡して故郷を去って行くその物語が、大変好きだったのです。そして何により、ぼくはこの原作のロマンチシズムが描きたかったのです。またこれはぼくの本格的な最初のトーキーでしたが、とくに新しい手法というものは使いませんでした。あくまで正面からとり組んだ作品です。

おりしも内田が日活に復帰した当時は、いわゆる文芸映画に対する機運が高まりつつあった。当時の新聞記事「純文芸に伸びる映画の触手／近頃目立つて来た書卸しと原作尊重」（『都新聞』一九三五・五・一六）は、映画における題材の変遷をその草創期からたどり、「我国各社の映画ストオリイは、その取材方面から見ると、最初の舞台戯曲直訳時代から、会社づき作者の書き下し時代、更に新聞雑誌連載小説の脚色流行となり、これは今日迄及んでゐるが最近擡頭して来た新傾向としては、本格的文芸物、大衆への顧慮よりも作者の良心的な芸術的労作を真摯に映画化しようとする努力であらう」と記している。こうした良質の文芸映画を作ろうする動きは、すでに松竹蒲田撮影所の五所平之助監督による「恋の花咲く 伊豆の踊子」（川端康成原作、一九三三年）、「生きとし生けるもの」（山本有三原作、一九三四年）などにはじまるが、この年には、各映画会社がこぞって文芸ものを手がけるようになり、P・C・Lは木村荘十二「放浪記」（林芙美子原作）を完成し、松竹蒲田は島津保次郎「春琴抄 お琴と佐助」（谷崎潤一郎原作）を製作中であった。各社の今後のレパートリーには、多くの候補作が目白押しであり、その中で日活多摩川撮影所の「懸案に上つてゐる」ものの一つとして「人生劇場」の名が見える。

この日活多摩川が文芸路線を推進するうえで、撮影所長の根岸寛一が重要な役割を果たしたことはよく知られている。根岸は、大正半ばに根岸歌劇団を結成して浅草オペラを興隆し、大正末から昭和初年にかけては直木三十五と連合映画芸術家協会を経営するなど、多くの興行に関わり、内田吐夢が日活に復帰する二ヶ月前に、新聞聯合社の演劇部長をやめて多摩川撮影所の所長に就任したばかりだった。さまざまな文士との交流があり、文芸に深い理解のあった根岸のもとで、内田の「人生劇場」を嚆矢とする多くの文芸映画が作られ、戦前の日活の全盛期が築かれていく。「松竹の現代映画に見られるような、都会的なモダニティはないが、質朴な心辺小説でも読むような、人生観照的な映画が、彼の所長時代の著しい特長でもあり、メロドラマ的要素の多かった日本映画に、新しく、いぶし銀のような底光りする文学精神を注入したのであった」と田中純一郎は説いている(11)。

とはいえ、「人生劇場」を映画化する企画は、本格的に動き出すまでにかなりの時間を要した。尾崎士郎の「人生劇場」を『都新聞』に連載中から愛読していた内田吐夢は、「産れ出づる悩み／十ヶ月の苦労／監督・主役の一問一答」（『都新聞』一九三六・一・二四）の中で、「日活へ入る、トタンに僕はこれを希望脚本として出したんだが、却々エラ方がＯＫしてくれない、漸く本極まりが六月で、それから練り出した」と述べ、また「一流監督トーキーを語る座談会」（『日本映画』一九三六・四）でも、「人生劇場」は「ずいぶん長引きましたが、脚色が非常に難かしい。脚色したものを見なければ会社も手を出す勇気はなかつたらしいんです。君はどう脚色するかと直接訊かれてもてんで返事は出来ない。それで長引いたですが、併し面白いものが出来るとは思つて居りましたナ」という。[12]「尾崎士郎の名は、新聞小説家として、菊池寛や久米正雄ほど有名ではない。「人生劇場」が読書階級や、文壇から騒ぎたてられた優れた通俗小説であつても、都新聞連載と云ふことが営業部側の好餌ではなかつたやうだ」（「主要日本映画批評　人生劇場」『キネマ旬報』一九三六・三・一）と北川冬彦が述べているとおり、小説『人生劇場』には、文芸映画に期待すべき原作者の知名度や発表媒体の大きさによる宣伝効果を望むことはできそうになかった。しかも当時の日活は、昭和初期の経済不況の頃から長らく業績が振るわず、その社運を挽回するためにウェスタン・エレクトリック社のトーキー・システムを導入し、苦しい財政状態の中から多摩川撮影所にトーキー・スタジオを増築して、オール・トーキー化を推し進めているところであり、製作陣としても損失を出すわけにはいかない状況にあった。[13]その大きな責任を担う立場にあり、しかも就任してまもない撮影所長の根岸寛一が、手軽に量産される大衆的な娯楽映画ではなく、興行的に大きなリスクをともなう文芸映画「人生劇場」の製作に慎重にならざるをえなかったのは当然といえるだろう。

一方、監督の内田吐夢は、自分ではシナリオを書かず、しかるべき書き手に委ねたうえで、脚本家と意見をたたかわせながら映画作りを行うことを旨としていた。そこで、「人生劇場」の脚本は、執筆を希望した亀屋原徳が担当することになった。亀屋原は、大正後期に『東京毎日新聞』に入社した際に尾崎士郎と同僚となって親交を結び、その後は小説や少年読物などを書いていたが、戯曲「生きたのはどつちだ」が一九三二年八月に歌舞伎座で尾上菊五郎一座によって上演されて以来、いくつかの戯曲が新派などの商業演劇で上演されるようになっていた。しかし、亀屋原は映画のシナリオを書くのははじめてであり、「亀屋原君のシナリオも、心魂をこめたものだったが、大体、原作が、劇的な構成方法をとっているので、これを崩すことは容易な仕事ではなかったらしい。それに何といっても亀屋原君は、菊五郎（六代目）が、はじめて認めたばかりのころであり、彼の声名も一般化してはいなかったので、根岸寛一所長も多少不安をかんじたらしく、八木保太郎君の補筆を依頼して」（前掲『小説四十六年』）仕上げられた。亀屋原のシナリオを潤色した八木保太郎は、日活多摩川撮影所脚本部のシナリオライターで、「人生劇場」が内田と組んだ最初の仕事であり、以後、彼は内田の日活多摩川時代における主要な文芸映画を支える存在となっていく。

亀屋原と八木によって作られた「人生劇場」のシナリオは、尾崎士郎「人生劇場の映画化について」（『新潮』一九三六・一二）によれば、「亀屋原君は可成り大胆に実際的効果をねらつて別の「人生劇場」を作製した。シナリオは原作を亀屋原君の主観によつて整理したものであつた。その努力は大へんなもので、一つ一つの場面の動きについても現代の観衆心理の中に原作の精神を溶解させやうといふ注意が際立つてゐたやうに思ふ」とある。その原作をかなり大きく組み換えた亀屋原の脚色が、「大胆に実際的効果をねらつて」「現代の観衆心理」を重視したというのは、おそらく通俗的な娯楽性の要素が色濃いものだったことを意味するだろう。それに対して、八木による潤色は、より原作に忠実であろうとした。「亀屋原君の「人生劇場」をもう一度原作にまでひきもどす努力をこんどは別の角度から八木君がやりとほしたわけである。原作を映画化す《ママ》ための相反する二つの立場が此処ではじめて一つのかたちによつて統合されたことになる」と尾崎は述べている。

しかも「人生劇場」を映画化するにあたっては、「私の友人先輩たちによる制作委員会といふものが絶えずひらかれて内田監督を鞭撻してゐたことも何かの役には立つてゐたであらう」（同前）とされ、原作者の尾崎はもちろんのこと、青野季吉、亀屋原徳、岡田三郎などが制作委員会に参加した[14]。また、シナリオをめぐって、八木保太郎が撮影所長の根岸寛一と激しく対立したこともあった。そのときの議論の応酬は、根岸の伝記にうかがうことができる[15]。

シナリオが完成したあとで、色気が不足だ、ラヴ・シーンが足りない、という意見が所内で起った。やはり興行的な安全性をも狙っておかなくては、そのころとして当然の顧慮だった。いつもの顧問格の作家たちが集められて、シナリオ検討会が持たれ、その席上でも大多数の意見は同様だった。「人生劇場」が見る者にうったえようとするのは、青春の熱情、純潔、正義感、悲壮感であって、男女の恋情やラヴ・シーンではない、と八木は強く主張した。自説を固持してゆずらなかった。ただ一人八木説を支持したのは片岡鉄兵だった。根岸は例によってはじめは黙って聞き役にまわっていたが、内心はやはりラヴ・シーン追加論にくみしていたらしく、おもむろに口を開いて、改訂を八木に命じた。激論になった。

あくまで芸術的な文芸映画をめざし、原作を貫く男性的なロマンチシズムを表現しようとする八木と、何よりも収益をあげることを優先し、大衆向けの通俗性を要求する根岸との立場の違いが、ここには鮮明に示されている。二人の論争がどう決着したかは明らかでないが、「いずれにしても「人生劇場・青春篇」はラヴ・ロマンスにはならなかった。しかも、瓢吉とお袖との、きわめて数すくないラヴ・シーンは、後世にのこるほどの美しさ（吐夢の演出）によって、りっぱに効果をあげた」という。

長い準備期間を経て、この映画がようやく本格的な撮影に入るのは、ちょうど先にふれた新築地劇団の「人生劇場」が上演された頃のことである。[16] 主役の青成瓢吉は、個性的な俳優として定評のあった小杉勇が演じた。彼は内田吐夢との関わりが深く、その監督デビュー作「競争三日間」（一九二七年）に出演して以来、三年前の日活退社時にも行動をともにし、復帰もまた一緒だった。そして父瓢太郎の役には、日活の大御所である山本嘉一が予定されたが、病気で出演できなくなり、急遽、小杉勇がダブル・ロールで演じることになった。吉良常の役は、時代劇から現代劇に転じた山本礼三郎がつとめ、おりんに黒田記代、お袖に村田知栄子が配された。その他には、役柄に合わせて大部屋の多くの新人たちが起用されている。

映画の撮影においては、「場面のセットや装置も凝りに凝ったもので、没落寸前にあった青成家のごときは、奥多摩の奥の方から、それにふさわしい古い旧家を一軒、そっくり買いとってきて撮影所の広場に建て直した。写真にうつるのは表の構えだけであるが、内田君は、家の中の配置から、裏の井戸端の模様まで苦心してつくりあげた」（前掲『小説四十六年』）とされ、新しくできたばかりのトーキー・スタジオも使われた。ロケハンにも強いこだわりを見せ、クランク・インは少年の瓢吉が銀杏の木に登るトップ・シーンからだったが、その際には、クレーンを撮影所外に持ち出す「特別の許可を貰って――銀杏の梢から静かにクレーン・ダウンして、瓢吉、瓢太郎へワン・ショット[17]」という運びになった。

こうした苦労を重ねて製作された映画「人生劇場」だが、現存するフィルムは、残念ながらあちこちをカットしてつなぎ合わせ、本来の四割ほどに圧縮された、しかもトーキー版ではなくサイレント版があるにすぎない。ただ、亀屋原徳脚色・八木保太郎潤色のシナリオや、この映画をめぐって発せられた数多くの言説を手がかりとすることで、その大まかな輪郭を浮かび上がらせることができるだろう。

映画「人生劇場」の基本的な物語は、先の新築地劇団のそれと同じように、まず辰巳屋の庭で、瓢吉が瓢太郎に励まされて銀杏の木に登る場面からはじまり、瓢太郎の死後、瓢吉が一家をたたんで郷里を後にするところで終わる。その間にあるエピソードも、両者ともに原作にそくして展開していく。瓢吉と三平の子ども同士の喧嘩に吉良常が介入し、中学時代には問題を起こした瓢吉の下宿を瓢太郎が訪ね、上京する際に瓢吉は瓢太郎と別れの酒を飲む。東京へ出た瓢吉は、上野公園で夏村大蔵と再会し、早稲田の銅像問題に立ち上がり、その勢いで芸者を買いに新橋の待合に行く。その後は、瓢吉の柳水亭のお袖との出会い、政党の争いにまみれていく学校騒動からの離脱、お袖とのラブシーン、瓢太郎のピストル自殺、その葬儀中に吉良常が対立する博徒の報復をかわす出来事など、かなり多くの類似した場面が盛り込まれている。

舞台空間に物理的に制約される演劇よりも、時間や空間を自由に操作できる映画の方が、小説に描かれた世界を形象化する場合には優位性があり、映画の「人生劇場」は、演劇のそれよりも原作にそくした表現になっていることは間違いないだろう。しかしそれだけでなく、千田是也演出による新築地劇団の演劇と内田吐夢監督の映画とでは、瓢太郎と瓢吉の関係性をめぐる解釈に大きな差異があることに注意したい。

映画「人生劇場」の試写会後に開かれた座談会で、内田はこの映画を貫くテーマについて、「この脚本を幾度か練直してゐましたがどうも掴み所がピンと来ないんです、自信を持ちながらも不安に陥り、迷つてゐた、そのうちに、吉良常が旦那の瓢太郎の所へうらぶれて帰つて来た時瓢太郎は「人間はやれるだけのことをやればいいのだ、やれるだけのことをやつた後は勝たうと負けやうとかまふもんぢやない」と言ひます、この台詞に行き当つて「これだツ！」と思ひ心構へが出来ました、そしてこの意気で全部を押し切つたのです」（「「人生劇場」座談会」『都新聞』一九三六・一・二一、二二）と述べている。映画では、瓢太郎の自殺がクライマックスを形づくっているが、ここに言及される瓢太郎の台詞はその直前にある。これに続いて瓢太郎は、「唯いよ〳〵いけねえときまつた時の往生際だけはせめて男らしくやりてえもんだ[18]」と自殺の決意をほのめかし、ピストルを瓢吉に渡してくれるようにと後事を吉良常に託す。このピストルは、瓢太郎の生き方を瓢吉へと結びつける重要な存在として意味づけられ、映画の中で何度もクローズアップされる[19]。四方田犬彦の指摘のとおり、「ピストルとはファルスであり、それを父親から譲り受けることで、瓢吉は男性としての自己同一性を確立する。これは父親の死を代償として、息子がその権能を継承するという物語にほかならない[20]」のである。

こうした瓢太郎から瓢吉へと継承される生き方を描こうとした映画のテーマが、新築地劇団の「人生劇場」とは対照的なものであることは見易いだろう。前述のとおり、千田是也の演出は、「瓢太郎精神」に溺れるのではなく、「瓢吉の近代社会との矛盾葛藤との摘出に力を入れたい」としていた。これに対して内田吐夢は、「『人生劇場』合評会」（『映画之友』一九三六・三）において、「僕は専ら瓢太郎親子を中心として話を運ぶことに努めた。それと云ふのが、瓢太郎イズムは誰にもあると思つたからだ。これが僕を根深く支配した」とも語っているように、瓢太郎の力強く生きようとする姿勢に深く共感し、それを瓢吉が受け継いでいく物語として描き出した。そして留意しなければならないのは、ここで言われる「瓢太郎イズム」が、千田のいう「瓢太郎精神」とはまったく異質なことである。千田は「瓢太郎精神」に封建道徳的なイデオロギー性を見出し、それを批判的に捉えているのに対して、内田における「瓢太郎イズム」とは、より根源的なレベルにおけるメンタリティの問題であり、どのような観念を生きるかではなく、「やれるだけのこと」をやって野性的なまでに図太く生き抜いていく姿勢そのものを指し示しているのである。

この映画が成功した大きな要因は、まさにこの「瓢太郎イズム」を基調に据えたことに求められるだろう。それが強い感動をもたらすものであったことは、当時の映画評に、「瓢太郎の精神を肯定する立場に立つたこの映画の監督者並びに演技者小杉勇の態度並びに解釈を自分はそれでい、と思ふ。その精神は瓢太郎の死に至つて最高潮に達し、瓢吉がその遺書を読む場面では人を泣かせるものを持つてゐる」(大塚恭一「年頭の収獲」『映画評論』一九三六・二)とあることからもうかがえる。

そうした「瓢太郎イズム」は、原作にもある程度は示されているが、映画と原作との間には隔たりがあることも否定できない。尾崎士郎は、室生犀星との対談「原作者は語る」(『日本映画』一九三六・七)において、映画「人生劇場」は、自分の「人生劇場」ではなく、内田吐夢の「人生劇場」だという見解を示している。小説『人生劇場』は「始めからはつきりプランが出来てて書いた作品ぢやない」、「行き当たりばつたり」に「その時の雰囲気だけで書い」ていった。そのため、「細い筋立てやなんかには、後で見ると随分矛盾したやうなものがある」が、映画ではそれらを一貫性のある物語へと整理している。そこに原作と映画との違いが生まれる。「勿論、原作の要素は多分に含んでゐますよ。しかしですね、原作の一面を強調すればその全体性が稀薄になるのは自然の成行でせう。だから、さういふ意味からいつたら、映画には弱点があるね。殊に、内田君は原作の一面を強調するといふやり方だつたですからね」と尾崎がいうとおり、映画「人生劇場」では、原作のもつ錯雑した要素が刈り込まれ、瓢太郎と瓢吉を中心とする物語へと焦点が絞られることによって、捨象されたものも少なくない。とはいえ、そのような手続きを抜きにしては、映画として成り立ち得ないこともまた確かだろう。

映画「人生劇場」を原作と比較した滋野辰彦は、「先づ内田吐夢は、青成瓢太郎と瓢吉の親子を捉へると、親父の残した強い性格的遺産が息子の体内に圧縮され噴出しつ、ある様を、ぐつと一直線に押し通して了ふのだ。(中略)瓢太郎と瓢吉の強い性格が、映画では尾崎士郎の手を離れて、立派に内田吐夢のものになつてゐる」と評し、映画と原作の具体的な違いについて、次のように論じている（「青成瓢太郎・その他」『映画探求』所収、一九三七・六、第一文芸社）。

〔…〕映画の瓢太郎は頑強な体格と強い性格を持つた親爺であるが、小説ではもう少し複雑な人間として書かれてゐるのである。

小説の瓢太郎は、体一面注射の絆創膏を貼つたモルヒネ中毒患者である。映画のやうに強壮な体格だとは思はれない。（中略）だから瓢太郎には、あらゆるもの、亡びた中に、たつた一つ息子瓢吉への愛情だけが烈々と残されてゐる。失敗を為しつくし、弱り果てた挙句の強さを、せめて子供に残し伝へようとする父親になつてゐるのである。それ故、小説の父親の強さは、却つて映画の父親よりは、一層純粋なものだとも云へるだらう。

内田吐夢は瓢太郎の性格に、かうした半面の弱さを描いてゐないが、それは彼の態度として当然のことだつたのである。なぜなら先づ強い性格を捉へる。そしてそれを力強く押し通すのが彼の態度であるからだ。だから映画の瓢太郎では、頑固一方の性格だけが強調されてゐるのである。一つの方面だけを強調する。これがつまり一般に映画の方法であらう。「人生劇場」の方法は、脚色も監督も、この意味では態度を誤らなかつたと云はねばならぬだらう。

さらに続いて滋野は、「ある部分を捉へて強調する映画の方法が、もつと複雑なものになつて来なければ駄目なわけだ」と説き、それが不十分であるとも指摘しているが、映画において原作の一面を強調することを、欠点としてではなく、むしろ「映画自身の方法」として高く評価していることは注目すべきだろう。

しかも、このような映画における強調の方法は、瓢太郎の場合にかぎられるものではなかった。先の対談「原作者は語る」の中で、尾崎士郎は「学生が出てくるところなぞは、その雰囲気を出すのに相当苦心してゐるらしいが、個々の演技については僕は不満があるね」というが、室生犀星は深い感銘を受けた箇所として、学生たちが林の中で「馬鹿野郎！」と叫ぶシーンを挙げている。そのシーンは、映画で潤色されたものであり、瓢吉とその仲間たちが、学校騒動の中で学問の自由を守ろうとする闘いに敗れたところで展開される。シナリオでは、失意に沈んだ瓢吉が、吹岡、横井、高見、夏村と夕暮れの櫟林に集い、そこで瓢吉は学校をやめる覚悟を決め、夏村がそれに呼応する。そして吹岡が、「おれたちは立派な仕事をしたと思ふよ」と自分たちの健闘ぶりを振り返った後に、「馬鹿野郎」という一コマがある。(21)

「なあ、青成、僕はあの時、吾々は勝つたと思つたよ」
「うん――たしかに勝つたよ、言論だけはな――だが結果はどうだ――あゝそうだつた、吾々が銅像問題に亢奮して街を呑み歩いたあの晩な――誰が今のこの形を予想したか――」
瓢吉はそう云つて笑つた。それから
「馬鹿野郎」
と、腹一杯の力で怒鳴つた。その声にこだまするやうに夏村の声が
「馬鹿野郎」
と聞えて来た。瓢吉はもう一度

「馬鹿野郎」

と叫んだ、夏村もまた
「馬鹿野郎」

と、こたへた。二人の声は林の中に響き渡つた。

かくて、夕暮れの櫟林のスロープを落武者たちは降りて行つた。
F.O

このシーンについて、尾崎は「ああいふ表現は僕のものぢやないな。あれは監督のもので、何か十九世紀的の情熱のある内田君の人生観が出てゐると思ふですね」と語っている。原作には、これと同じ情景はなく、学校騒動に敗れた瓢吉たちは、寄宿舎で冷や酒に酔いながら、青春の名残を惜しんで感慨にふける。このとき吹岡が、「おれたちは立派な仕事をしたと思ふよ」（「嵐」一三）云々という言葉を発するが、それに続くのは次のような語りである。


——淋しく殺風景な酒宴ではあるが、しかし感激の記憶は波のやうに彼等の胸を洗つてゐる。初秋の夜風はうすら寒く、荒廃したる寄宿舎の一室に、はなやかなりしやくざ大学生のひと幕は終つた。「幕間二十分」

——（読者諸君ハコノ休憩時間ヲ利用シテ食堂ニオハイリ下サイ）

ここで語り手は、場面に内在的な位置に身を置いて、いったんはこのときの感傷的な雰囲気を提示するが、その後すぐに、読者にユーモラスに呼びかけるかたちで、これがあくまで虚構の芝居であることを明示する。それによって読者は、瓢吉たちの心情にひたすら共感していくのではなく、登場人物との不即不離の関係を保ち、彼らの悲哀を受けとめつつ軽やかに物語を楽しむことができるだろう。

一方、映画における「馬鹿野郎」というシーンは、ノスタルジックな悲憤慷慨型の蛮カラ学生を髣髴させるものであり、尾崎のいう「十九世紀的の情熱」に満ち溢れている。ここで瓢吉と夏村が叫ぶ「馬鹿野郎」という言葉は、終わりゆく学生時代への哀惜の情を逆説的に表現したものと捉えられる。瓢吉たちは、結果的には学校騒動で敗北することになったが、立派に「やれるだけのことをやつた」のであり、このシーンを支えているのが、勝ち負けにこだわらず図太く生き抜くという「瓢太郎イズム」に通底するものであることは明らかだろう。映画では、瓢吉についてもまた、原作のもつ複雑な味わいを捨象し、その骨太な一面を強調する方法が採られているのである。

原作と映画の違いについて、当時の映画評には、「原作の特色は、作者が自分の「過去」に幾分甘いなつかし味を覚えながら自嘲を投げかけて行く、その表情の可愛らしさである。／然し、映画はさういふ種類の自嘲的精神、従つてそこから生れて来るユーモアを逸してゐる」（Q〔津村秀夫〕「新映画評〝人生劇場〟——日活映画——」『東京朝日新聞』一九三六・一・二二）といった批判や、「僕は原作の中では半助が好きなんだがあれが活躍しないし、又黒馬先生も出て来ない」（前掲「「人生劇場」座談会」における上泉秀信の発言）という声があり、あるいは「原作の持つ飄逸味が殆どないこと、涙のどぎつさが多すぎること」（榊山潤「映画「人生劇場」」『文芸通信』一九三六・三）への非難もあったとされる。しかし、小説ジャンルとは違い、一定の上映時間におさめなければならない映画には、原作のすべての要素を取り込むことはできない。むしろ逆に、原作の一面を強調して映画化することによって、原作に内在する本質的な部分が浮き彫りになることもある。そうしたアダプテーションのひとつの成果として、映画「人生劇場」を捉えることができるのではないだろうか。

原作者の尾崎士郎は、内田吐夢の「人生劇場」の出来栄えを讃えて、「私はこの作品の映画化によつて原作の魅力をはじめて感じたほどである。もはや原作者の出る幕ではない」（「人生劇場の映画化について」『新潮』一九三六・一二）ともいう。原作は映画という異質なメディアの特性にそくして独自のものへと変容し、新たな生命を獲得することによって、映画との相互関係において原作それ自体が捉え返され、その魅力を再認識させることになるのである。

映画「人生劇場」は、一般観客の人気を博して興行的にも好成績を示した。北川冬彦の前掲「主要日本映画批評 人生劇場」は、「封切迄の二週間の予備期間のうちに、この映画は操觚業者側から最近の日本映画では稀有な好評をかち得た。結果は二週続映の素晴らしいヒットであつた。洋画観衆も充分食指を動かす優れた日本映画であつたのだ。（中略）真に興行価値のある映画とは、邦洋の映画観衆を席巻するものである可きだ。「人生劇場」の如きはそれに近い、最近での、最も興行価値ある現代映画であらう」と評している。従来の大衆を中心とする邦画の観客から、主に知識人層に多い洋画の観客まで、多様で広汎な受け手に流通していることが分かる。

三　井上正夫一座の「中間演劇」

さて、昭和戦前における『人生劇場』（青春篇）のアダプテーションのうち、残されたものについて簡単にふれておくことにしよう。

映画「人生劇場」が好評を博した二ヶ月後の一九三六年四月、新派の井上正夫一座による「人生劇場」（亀屋原徳脚色）が明治座で上演されている。これに先立って井上は、喜多村緑郎、河合武雄、花柳章太郎らの女形を中心とする花柳ものの甘い芸に満足できず、前年一二月に新派からの独立を宣言するとともに、新派と新劇の中間を行く新しい芸術的な大衆劇を提唱した。いわゆる「中間演劇」であり、このときすでに新しい演目のひとつとして「人生劇場」が予定されていた。井上一座の旗揚げ声明において、彼はこう語っている（「独立宣言 甘すぎる花柳物／新派と新劇の中間を」『都新聞』一九三五・一二・一二）。

〔…〕一体新派の出し物は甘すぎます、こんなものばかり演つてゐたら今に大衆から見捨てられるに違ひないと以前から私は考へてゐましたが、観客は私が考へた程辛いものを要求してゐないらしい、見捨てられるどころか益々盛んになつて行くことは結構ですが、私はこの行き方に満足出来ません、幸ひ松竹の方でも独立の一座を認めて呉れたので、この際大いにハリ切つてゐる次第ですが、辛い新劇的なものと甘い新派的なものとの中間を覗つた——難しいにはちがひないが——現代劇をやつて行きたいと思ひます、人生劇場もやりたいもの丶一つで、この方は亀屋原徳氏の脚色も出来てゐますし、近いうちにやれると思ひます。

一九三六年一月の井上一座の興行は、水谷八重子一座や沢村田之助、市川小太夫らとの新旧合同となり、「海鳴り」（亀屋原徳作、村山知義演出）ほかを明治座で演じた。そのため次に明治座で新派男女優合同四月興行と銘打ったのが、単独で一座が公演する最初のものとなった。プログラムには「高利貸の女秘書」（片岡鉄兵原作）、「曲芸師寅吉」（川口松太郎原作）、「円タク万歳」（中野実原作）、「人生劇場」（尾崎士郎原作）、「花嫁列車」（巌谷三一原作）という演目が並び、このうち全五幕の「人生劇場」が目玉とされた。

「中間演劇」を追求する井上正夫は、それまでの商業演劇では軽視されてきた演出の役割を重んじ、新劇畑の演出家を招いて俳優の演技の向上に努めようとした。亀屋原徳の脚色による「人生劇場」は、先の「海鳴り」に続いて新協劇団の村山知義が演出にあたっている。舞台装置は伊藤熹朔が担当した。主な配役は、井上が瓢太郎を演じたほか、一座からは藤村秀夫が吉良常、梅島昇が蒟蒻和尚に扮し、瓢吉には新築地劇団で同役を好演した中江良介が起用され、瓢太郎の妻おみね役には元帝劇女優の村田嘉久子が出演した。上演期間は四月三日から二七日までで、場割は次のように構成されている。

序　幕　（一）廃れ行く影（辰巳屋の台所）（二）深夜の別れ　（三）頑童記（岡崎中学校の応接室）
二幕目　（一）子に生きる（素人下宿の二階）（二）父子酒（離れ屋）
三幕目　銃声（離れ屋）
大　詰　朝霧（辰巳屋の表）

ここでは、旧家の辰巳屋に没落が迫るなか、瓢太郎がわが子の瓢吉を鍛えようと力強い愛情を注ぎ、瓢吉が東京に出た後、瓢太郎が行き詰まってピストル自殺を遂げ、瓢吉、母親のおみね、吉良常の三人が故郷を去るまでが、もっぱら瓢太郎を中心として展開する。瓢吉の学生生活や柳水亭のお袖との関わりを描く東京の場面は一切なく、しかも場面によっては原作の設定が大きく改変されている。それがもっとも著しいのは、梅島昇が演じる博徒あがりの蒟蒻和尚である。原作の蒟蒻和尚は、瓢太郎の葬儀の際に登場する端役にすぎないが、この芝居では、三幕目に泥酔状態で現れ、自殺を覚悟した瓢太郎に酒を飲ませて立ち去り、大詰の場面でも、瓢吉たち一行の門出を見送ることになる。おそらくこの改変は、瓢太郎中心の物語が、原作どおりでは全体が地味な印象になるのを救うために、井上と並ぶ看板俳優の梅島に派手な役回りを演じさせることにしたのだろう。原作者の尾崎士郎は、この明治座の上演でも、「初日から十日間くらい毎晩、明治座へかよって、いろいろな意見を述べた」（前掲『小説四十六年』）という。

劇評では、「中間演劇」という観点に注目が集まり、井上の目指したものが十分に達成されていないとする批判が少なくなかった。しかし、そうした先入観にはとらわれず、好意的な見方を示すものもあった。一例を挙げれば、伊原青々園はこう評している（「「人生劇場」の劇化——明治座——」『都新聞』一九三六・四・一二）。

〔…〕親仁の瓢太郎を主役にして、その自殺で劇が終る、この小説の眼目はそれから先きにある、しかしその瓢太郎に井上が扮し、倒れかゝつた地方の旧家を背景にして、気骨のある狷介な老人をそれらしく見せた、（中略）

井上もすぐれて居るが、脚色も演出もすぐれて居た、ことに序幕でピストルを見せて置いて、二幕目にも三幕目にも続けての扱ひやうが、原作にある筋とはいひながら、舞台効果のあるやうに出来て居る

村田の女房が、人柄で、おとなしくて、苦労にやつれて、始終心がうつろになつて表情のない、そういふ老婦をよく出して居た、これがよいので没落した旧家といふ気分がしみぐ〲感ぜられた、松本の少年時代の瓢吉もよかつた、中江の成長した瓢吉もわるくはないが、主役でないだけに見せ場がなかつた、藤村の吉良常も善良な人間には見えたが、もつと粘液質な所がほしかつた、梅島の博徒あがりの坊主は、あれだけでは

エタイが分らない

このような評価が、当時の一般観客の反応にもっとも近かったのではないだろうか。興行は連日大入りとなり、五月には井上一座が同じ演目を携えて、名古屋を振出しに東海地方を巡演している。

以上、新劇と映画と新派における『人生劇場』（青春篇）のアダプテーションを見てきたが、それらに共通しているのは、いずれも各ジャンルの転換期に行われていることである。芸術性と大衆性の相克というジレンマを乗り越え、その両立しがたい要素をいかにして結びつけ、ジャンルとしての独自性を確立するか、という困難な課題に実践的に立ち向かおうとするとき、尾崎士郎の小説『人生劇場』は繰り返し召喚されている。それらの試みは、各々の目指した方向に違いはあるものの、いずれも多くの受け手に享受され、一定の成果をもたらしたことは間違いない。同時にそれは、小説が原作者の手を離れ、文学ジャンルから異質なジャンルへと置き換えられることによって、次第に変容していくことでもあった。その受け手たちにとっては、原作との違いはあまり意味を持たず、新築地劇団の新劇「人生劇場」、内田吐夢の映画「人生劇場」、井上一座の新派「人生劇場」などが、それぞれ自立した物語として受容されていく。そしてそれらのジャンルを横断して拡散された表象の総体が、文化的な現象としての『人生劇場』ブームを形づくることになったと考えられる。

なお、この他に一九三七年七月、新国劇によって「人生劇場」三幕（上泉秀信脚色・演出）が新橋演舞場で上演されている。ただ、新国劇では、その前月に開演された有楽座の「人生劇場「吉良常篇」」三幕五場（高田保脚色、上泉秀信演出）の方が大きな評判を呼び、やがて定番のレパートリーになっていく。そこで新国劇の「人生劇場」については、より関わりの深い「吉良常篇」（残侠篇）を検討する別稿を期したい。

注

（1）菅井幸雄「新築地劇団の一九三〇年代」（『悲劇喜劇』一九八七・五）。

（2）新築地劇団以外の各劇団の公演は、次のとおり行われた。

築地座　内村直也作「秋水嶺」五幕、岸田國士・阿部正雄演出。一一月五～七日、蚕糸会館。

創作座　高橋丈雄作「死なす」四幕一二場、梅本重信・加藤純演出。阪中正夫作「故郷」一幕、鈴木英輔演出。岡田禎子作「珍客」一幕、久保田万太郎演出。一一月一一～一五日、飛行館。

新協劇団　久板栄二郎作「断層」五幕、村山知義演出。一一月一六～二四日、築地小劇場。

テアトル・コメディ　フェレンツ・モルナアル作・飯島正作「お人好しの仙女」三幕、金杉惇郎演出。伊澤紀作「画家への志望」一幕、内田孝資演出。一一月二一～一五日、築地小劇場。

なお、金曜会は、研究劇団の公演のみで本公演がないからというので参加しなかった。

（3）当初の公演日程は一一月三日までだったが、一日延ばして、その収入を劇団の中心メンバーで病床にあった山本安英・藤田満雄夫妻を救援するための費用とした（「病む同志に救ひの手／〝人生劇場〟涙あり／佳話・山本安英夫妻におくる／更生〝新築地〟の救援公演」『読売新聞』一九三五・一一・二）。

（4）『もうひとつの新劇史――千田是也自伝』（一九七五・一〇、筑摩書房）。

（5）新劇コンクールは、必ずしも競争が目的ではなかったが、『テアトロ』（一九三六・一）は、「いろいろな事を綜合した上で、結局、順番をつけるとならば、一が「断層」二が「秋水嶺」三「人生劇場」四「創作座」五「テアトル・コメディ」となる」（本誌編輯者全員「コンクール批判合評会」）とし、他誌でも新協劇団の「断層」が比較的高い評価を得た。

（6）主題歌の作詞は八田元夫、作曲は寺尾戒三。以下の引用は、「『人生劇場』主題歌」（『新築地』一九三六・六）による。

（7）「今夜　新築地劇団『人生劇場』第一夜」（『大阪朝日新聞』一九三六・六・二四）。なお、千田是也の『もうひとつの新劇史』（前掲）は、「たぶん、このソングは、〈金曜会〉で山田耕筰氏や市川元君などと音楽劇の試みをいろいろやって来た山川幸世君の発案で〈瓢太郎精神〉に溺れすぎているという批評に応えて、関西公演のさいに挿入したものであろう」とし、さらに、山川の演出では、汽車に見立てた「二つの幕あい劇をソングにかえたのか、それともこの二つのソングにあわせてやはり汽車ポッポごっこをやったものか、これはもう憶えていない。およそ洒落のとおらぬ御時世であったから、前のほうが確率はたかいかもしれない」とも記している。

（8）『新劇史のひとこま〈新築地劇団レポート〉』（一九八四・八、花曜社）。

（9）「内田吐夢年譜」（藤井秀男編『「命一コマ」映画監督　内田吐夢の全貌』二〇一〇・八、エコール・セザム）による。

（10）内田吐夢「自作を語る　戦後の再起まで」（『キネマ旬報』一九五五・一〇・一）。

（11）『日本映画発達史Ⅱ　無声からトーキーへ』（一九八〇・三、中央公論社）。

（12）内田吐夢の自伝『映画監督五十年』（一九六八・一〇、三一書房）には、内田が「人生劇場」を映画化する企画を所長室の根岸寛一に持ちかけると、早稲田大学の出身で尾崎士郎の先輩にあたる根岸は、その場でゴーサインを出したと回想されているが、これは記憶違いと考えられる。

（13）注（10）に同じ。

（14）岸松雄「跋」（『シナリオ文学全集Ⅱ 日本シナリオ傑作集』所収、一九三六・一〇）による。

（15）岩崎昶編『根岸寛一』（一九六九・四、根岸寛一伝刊行会）。

（16）小杉勇は、新築地劇団による「人生劇場」の上演を「恰度僕の方でも人生劇場を撮る話が持上つてゐた時ですから、早速吐夢さんや何か皆して初日に行きました」（「「人生劇場」を語る／一人二役の苦心——薄田・小杉瓢太郎問答」『都新聞』一九三六・一・二四）と述べている。

（17）注（12）に同じ。

（18）引用は、原作尾崎士郎、潤色八木保太郎、脚色亀屋原徳、監督内田吐夢「人生劇場　青春篇　日活映画」（『映画評論』一九三五・一一）による。

（19）友田純一郎「人生劇場（青春篇）」（『キネマ旬報』一九三六・一・二一）には、「ピストルがいろ〳〵な意味で、この映画では印象深い存在なのだが、なにかにつけてこれを近写で捉へる方法も、かへつて小道具の味はひを浅くしてゐる」とある。

（20）『無明　内田吐夢』（二〇一九・五、河出書房新社）。

（21）注（18）に同じ。

〔付記〕本研究は、科研費22K00308の助成を受けたものである。

昭和大阪の文士劇「風流座」第二回公演

増田周子

はじめに

大阪の画家、鍋井克之（一八八八年八月一八日－一九六九年一月一一日）は、関東方面中心に行われてきた、文士劇に一石を投ずるべく、昭和二十六（一九五一）年、大阪の地で、文士劇の劇団「風流座」を立ち上げた。「風流座」は、大阪、京都、神戸など関西の、当時一流の画家、文士、評論家―俳優など、芸術家たちを集結させた劇団であった。拙稿（1）でも記したが、この「風流座」は、東京の文士劇「鎌倉座」に呼応して立ち上げたという。「鎌倉座」には、久保田万太郎、永井龍男、小島政二郎、久米正雄、林房雄、横山隆一、今日出海、武原はん等が参加し、文士劇をおこなっていた。「鎌倉座」の今日出海は、第一回公演の折に記した「風流座に寄せて」で、

「今度『風流座』が誕生したことは結構なことだ。大阪でも相当の士ばかりらしいから、一度東西合同の顔合せ興行をしたいものである。東の権八がよいか、西の権八がいゝかなど野暮なことは申さず、楽しい舞台を見せて貰ひたい。一層大阪弁でやるのも宜しいと思ふがどうだらう[2]」などと述べている。「風流座は」、向井潤吉によると「鍋井克之座長の逝去で惜しくも解散になった[3]」というが、第六回公演まで続き、かなりの好評を博していた。

さて、「風流座」についての先行論としては、橋爪節也氏の「大大阪の画家たち（第5回）鍋井克之の「大阪ぎらい物語」と風流座：〝大阪魂〟に葛藤する洋画家[4]」がある。本論は、洋画家鍋井克之の活動を生涯にわたってとらえ、その大阪魂について論じたものである。その一部で簡単に「風流座」についてもふれているが、論者は、より詳しく「風流座」そのものに注目していきたいと考え、拙稿で、第一回「風流座」公演の様相や成り立ちについて詳しく記した。

本稿では、「風流座」第一回公演に続き、第二回公演の様相を、わかる範囲で詳しく記していき、大阪の文学者、芸術家等の研究の一助としたい。

一 「風流座」第一回公演

まずは、「風流座」第一回公演を簡単に振り返ってみたい。公演は、昭和二十六年五月二、三、四日、大阪三越劇場にて開催された。主催は、新大阪新聞社、協賛は松竹株式会社である。演目は、次のとおりである。

第一　お目見得だんまり

大　百　上村　松篁　若　衆　宇井　無愁
色　奴　小磯　良平　赤　姫　中村　青子
武者修業　長沖　一　草刈娘　船越かつ美

第二　与話情浮名横櫛＝源氏店

お　富　鍋井　克之　多左衛門　長谷川幸延
斬られ　番頭藤八　初音　麗子
与三郎　竹中　郁　女　中　山本　直治
蝙蝠安　古家　新　権　助　木村　純一

第三　恋愛病患者　菊池　寛・作　藤井二郎装置

大学教授　貞一妻
佐々木貞一　長沖　一　さだ子　坂本　嘉江
長男　哲夫　宇井　無愁　長女敏子　初音　麗子
医大助手
松村謙一　野尻　弘　次女久美子　船越かつ美

第四　鈴ケ森＝題目塚の場

幡随院　　　　　飛脚　藤間竹遊
長兵衛　中村貞以
白井権八　鍋井克之　雲助　梅屋勝之輔
籠かき　大勢　　　　杵屋文二郎

なお、「風流座」第一回公演プログラム表紙は、鍋井克之が描いた。さらに、「風流座」同人として、第一回目には、古家新、生田花朝、鍋井克之、宇井無愁、上村松篁、小野十三郎、藤澤桓夫、市川寿海、吉井勇、杉山平

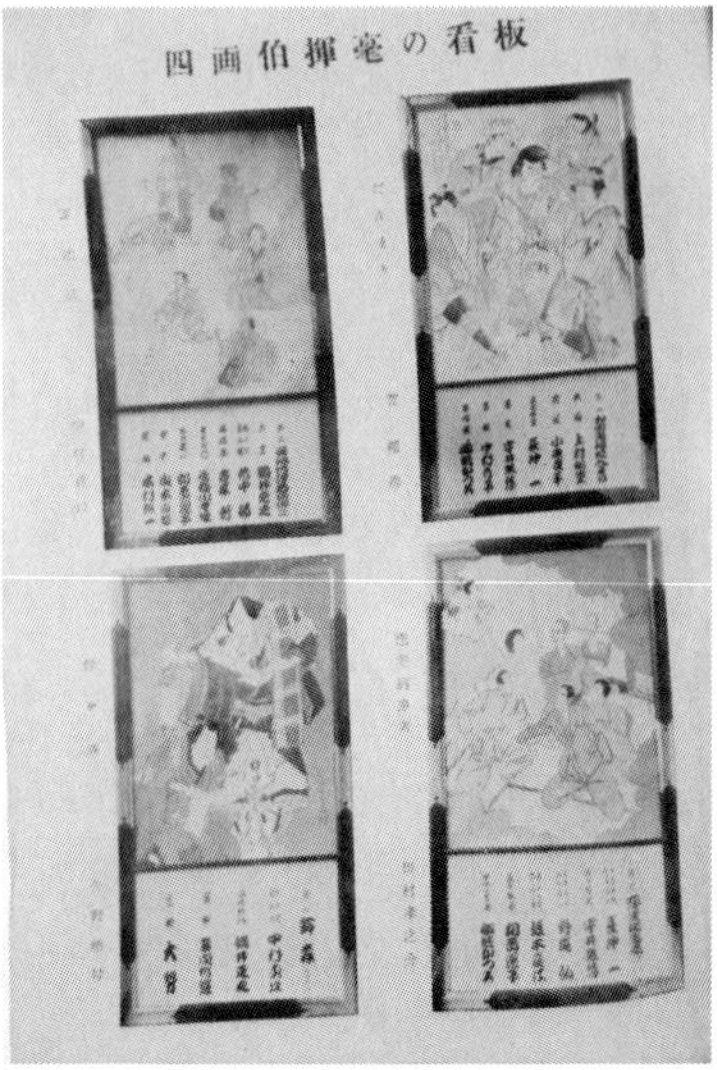

看板

風流座第一回パンフレット表紙

一、竹中郁、長沖一、岸哲夫、長谷川幸延、中村貞以、小磯良平、岸本水府、初音麗子らをはじめ、名だたる関西の画家、文士、俳優ら五十一人が名前を連ねていた。藤澤桓夫、杉山平一、長沖一など当初からいわゆる帝塚山派の文士が多いことがわかるだろう。

竹中郁は、「風流座」での稽古や、出演にあたって「つらい方が先に立つ」と題し、次のように述べている。

> 芝居をする才能があるのかないのか知らないまゝ、にとにかくやつてやれぬことはなかろう。一ぺん試めしてみよう。何んでも勉強だと受けた。けいこをやつてみて、なるほどドラマというものは、こんな組立てかと、いろいろ判つた。演技はやつてみて、おもしろいより、つらい方が先に立つ、おそらく、上演当日もつらいつらいことであろう。私の出る芸題はいままで愚劇だとおもつていたが、その作劇術にはほとほと感じ入つた。(5)

やはりなかなか作家が役者になり演じるのは、苦労が大きかったのであろう。一方、長谷川幸延は、「役不足で

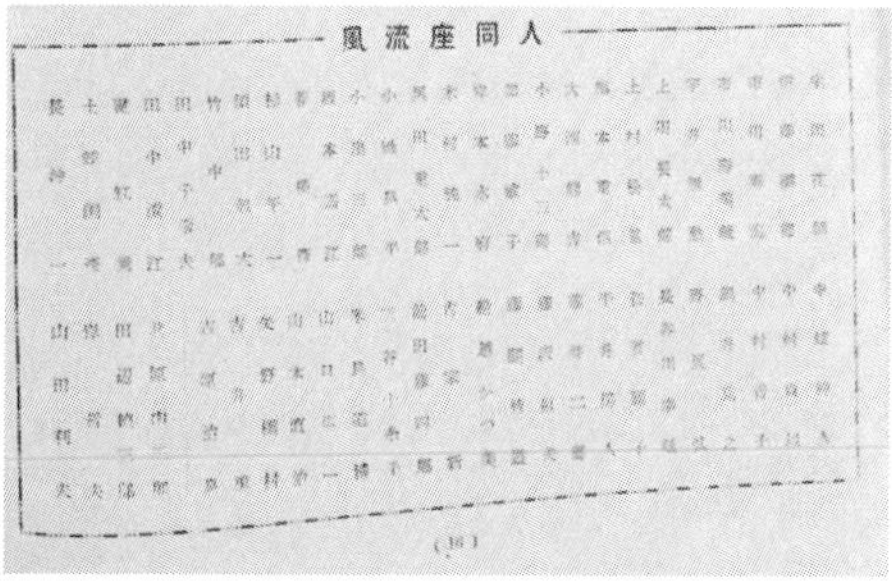

風流座同人

「風流座」同人

「風流座」文士達・鍋井克之画

す」でこのように言う。

僕のやる「鈴ヶ森」の多左衛門は別段腕の見せどころがなく物足りないんだ。というのも、うまくやるのは何んでもないんだが、みんなが素人なのでどうそれに合せてやるか、それに演出家として色々注文しても、みながいうことを聞かないのが一番恐ろしく、引立て役は全くつらいですよ。いままで中車、幸四郎はじめ最近では訥子など多くの多左衛門を見たけれど、まあこれくらいなら、やれるでしょう。むしろ今後は僕のがカタになるんじゃないですか。この機会に映画にとつておくように関係方面にすすめます。(6)

長谷川は、かなり自信満々の感じであった。また、上村松篁は「「心臓」で出る」で、

もう二タ昔の若い頃に、僕も芝居をやつたことはありましたが、今度「風流座」で割当てられた「大百」は僕の「にん」ではありませんので、うまくは出来そうにありません。

何しろ、制作や学校のことでいそがしいので、度々稽古に参られないので、全く心臓で出るのです。来年はもう少し気持ちにも時間にも余裕を作つてうまくやつてみたいものと思います。(7)

上村松篁のように、勢いで文士劇に出演していたメンバーもあり、それぞれ大変な思いをしていたことがわかる。さて、脚本家宇井無愁は、「絵本大根記」と題して次の如く述べている。

ぼくは偶然に小説を書きだしたので、本来は劇作家志望だつた。新劇運動まで通算すれば、芝居では十八の年から十四五年も年期を入れてきたが、いまだにぼくは無名の劇作家であり、無名の演出家でしかない。ことに新劇運動などまつたく労して功なきわざであつた。新劇界全体がちつとも進歩していないのだ。ぼくは芝居にあいそをつかして、偶然に書き出した小説で、どうにか今日までやつてきた。しかしぼくの書く脚本が小説よりつまらないものだとは、いまでも思つていない。

ぼくに自信があつたら、或は役者になつたかもしれない。その自信がなかつたから、役者を動かすことで多少は舞台の空気に陶酔できる劇作家や演出家になろうとしたのかも知れぬ。多少ともそういう意識は潜在していたにちがいない。観客のいない場所で、演出家として役者に動きをつけるとき、ぼくはたのしい。けれど観客の前でそれを演じて見せるほど、心臓は強くない。それでも役者がふいに故障ができたために、代役で舞台に立つたことは二三度あつた。もともと肉体的に自信がないから、おそらく臆病な役者だつたらう。老役だつたから、どうにかごまかせた。

こんどは二役とも若い役だから、どうも心配だ。この前の文士劇の時はどうせ遊び半分だつたし、老でゆくつもりを顔師が若くつくつてしまつたので、大胆にアチヤラカで片づけてしまつたが、こんどはみんな熱心だから、そうはゆかぬ。どんな芝居になるか、大変なことになりそうだ。

カブキをやるのもはじめてで、客席でみていると、さほどでもなさそうなことが、いざ自分でやつてみると、なかなか手足がいうことを聞いてくれない。それに新劇とは、てんで「間」がちがうので、それこそ間のぬけた感じがする。カブキ役者がムダに年をとつているのではないということを痛感した。(8)

宇井無愁は、第一回公演では、「お目見得だんまり」と「恋愛病患者」に出演しているが、新劇と違い、歌舞伎を演じることの難しさを詳しく述べている。第一回公演を鑑賞した宇野浩二は、『恋愛病患者』について、「まづ、出し物として、失敗した（中略）菊池の戯曲の中でも、よくない方であるからである」と述べ、「それから、背景は、装置した人は凝つたつもりであらうが、よくない。あの背景は、本職の俳優になら向くかも（「かも」である）しれないけれど、こんどの俳優たちには不適当であつた。もつと写実的な背景であつたら、この幕に食堂に行く客が多かつたといふやうな事が、あるひは、なかつたかもしれない。俳優では、宇井の長男のまくしたてるやうな喋り方が（宇井は一生懸であつたかもしれないが、）全体のブチコワシになつた[9]」と辛口で批評している。宇井の言う通り、演じるのは、容易ではなかったようだ。

二　「風流座」第二回公演演目と役者たち

前章で簡単に「風流座」第一回公演を振り返ってみたが、第二回公演はどのようなものであったか。「風流座」第二回公演は、ちょうど第一回公演から一年後の、昭和二十七年五月三日、四日、五日の三日間、大阪三越劇場で開催された。主催は、新大阪新聞社、協賛は松竹株式会社である。

まず、「関西在住画家・文人による　風流座第二回公演　ごあいさつ」をあげてみる。

昨年の第一回公演は、ごひいき皆々さまの御声援にて、予想以上の大成功を納め、京阪神はもとより廣く全国的な反響すら呼び得ました。改めて厚く御礼申上げます。

さて、幸い本年も昨年同様、董風五月の好季を期して、その第二回公演のはこびに至りました。特に本年は上演狂言も出演者も、昨年以上に充実した陣客と確信いたしおります。

とかく、私たちの「風流座」はお目まだるきお芝居のママゴト遊びめきますけれど、何とぞ御近隣お誘いあわされ、初日より千秋楽まで、えいとう〳〵御来覧のほど、偏えに御願申上げる次第にございます。

昭和二十七年五月　『風流座』一同

ごひいき皆々様(10)

主な出演者は、イロハ順に、長谷川幸延、竹中郁、鍋井克之、長沖一、宇井無愁、小川月舟、小川香苗、古家新、船越かつ美、藤間竹遊、小磯良平、坂本嘉江、木村純一、木村澪子、岸本水府、庄野英二、平佐良雄である。大薩摩・杵屋彌十郎、今藤長三郎、鳴子囃子　梅屋勝之輔社中。プログラムの表紙絵は　上村松篁が描いている。

演目は、次のとおりである。

上演狂言

第一　鞍馬山だんまり　一幕

鞍馬山の一場

風流座第二回パンフレット表紙

大天狗実は正蔵坊　岸本水府
一条大蔵卿　京都伸夫
狩人実は吉岡鬼次郎　庄野英二
武蔵坊弁慶　小川月舟
牛若丸　小磯良平
常盤御前　藤岡竹遊
大薩摩　杵屋彌十郎、今藤長三郎

第二　丸橋忠彌一幕
　城外濠端の場
松平伊豆守　古家新
茶店亭主勘六　木村純一
弓師藤四郎　宇井無愁
丸橋忠彌　長谷川幸延

第三　仮名手本忠臣蔵六段目
　勘平切腹の場
早野勘平　鍋井克之

判人源六　木村純一
狩人めつぽう彌八　古家新
狩人種ケ島の六蔵　竹中郁
千﨑彌五郎　長沖一
原郷右衛門　平佐良雄
一文字屋お才　坂本嘉江
母親　おかや　藤間竹遊
女房　おかる　山本直治

第四　金色夜叉一幕
　熱海梅林の場
　同　海岸の場
間　貫一　宇井無愁
富山唯継　竹中郁
母親タカ　小川月舟
鴫沢　宮　船越かつ実

第五　風流座かつぽれ　一幕

古坊主　古家新
鍋坊主　鍋井克之
藤坊主　藤間竹遊
澪坊主　木村澪子
竹坊主　竹中郁
山坊主　山本直治
坂坊主　坂本嘉江
岸坊主　岸本水府
小坊主　小磯良平
香坊主　小川香苗
梅坊主　梅尾勝之助

また、プログラムのチラシもあげておく。

「第一　鞍馬山だんまり」については、「「だんまり」は夢幻的な錦絵美を展げる歌舞伎の華である(11)」とし、その内容について以下のように説明している。

この「鞍馬山だんまり」は、安政三年十一月江戸市村座で上演したもので河竹黙阿弥作、配役は僧正坊実は女賊お松（尾上菊五郎）、牛若丸（河原崎権十郎）木葉天狗実は盗賊袈裟太郎（市川小団次）で、牛若丸は

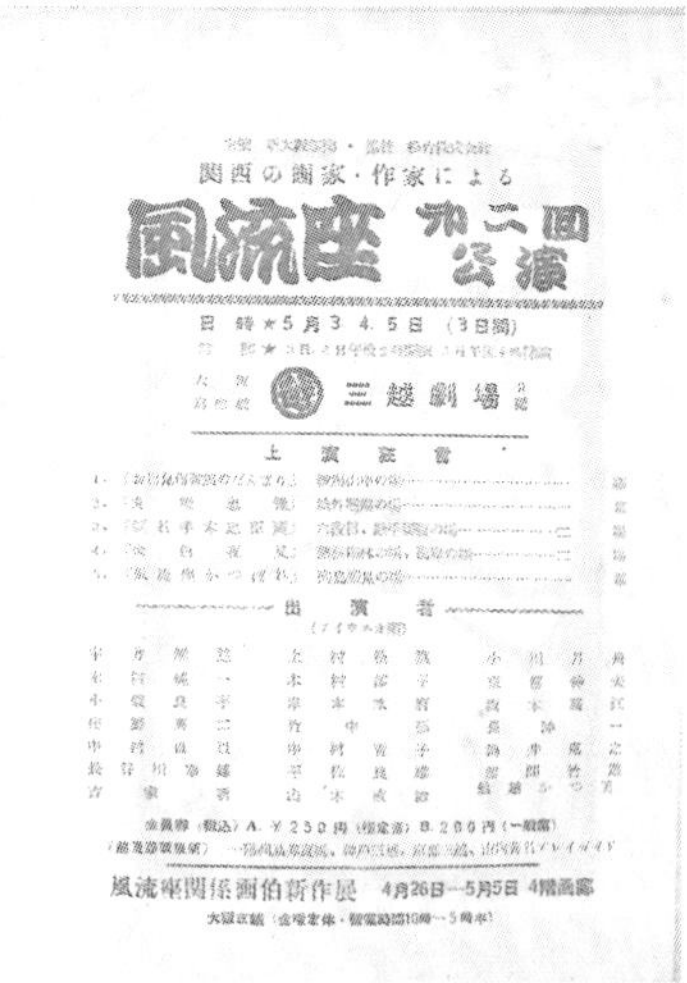

風流座第二回公演チラシ

鞍馬山の東光房に預けられたが、平家に一太刀報いんと武藝を励み、鞍馬天狗に秘術を授り、平家の家臣を打すえるという簡単な筋であるが、今度は多少趣きを変え、最後に大百になる座頭役は大天狗実は正蔵坊、公卿役の一条大蔵卿、狩人実は吉岡鬼次郎、弁慶、それに稚児役の牛若丸、十二単衣の常盤御前たちが次から次へ現われ、最後に牛になつてカブキの醍醐味を発揮する、最初常例の浅黄幕外で豪快な大護摩が一トクサリなつて、唄と三味線弾きが引込むと、「ドドン・ドン〳〵」と山おろしの大太鼓、これを聞くともうすつかり懐かしい歌舞伎への郷愁と、夢見るような憧れに、胸のときめきを覚えずにはいられない。⑫

かなり、もとの演目に脚色をして演じたようだ。大天狗を演じた岸本水府は、「一ぺん長いせりふで演つてみたいと思つて居たら今度はあつぱれ――だんまり！」⑬と述べていた。

「第二　丸橋忠彌一幕城外濠端の場」については、「「慶平太平記」の丸橋忠彌は、初代市川左団次の出世藝として伝えられ、引続いて二世左団次も家の藝として定評のあつたものであります」⑭とある。丸橋忠彌については、次のように伝えられている。

江戸前期の浪人。慶安事件の参加者の一人。俗書では出羽の人とするが、下級幕臣の子であったと思われる。一時加賀前田氏の家臣に奉公していた。宝蔵院流の槍の達人で、江戸御茶ノ水に道場を開いていた。一六五一年由比正雪の幕府に対する謀反計画に加わり、江戸城攻撃を受け持つが、訴人があって、同年七月二三日捕らえられ、八月一〇日品川の刑場で磔刑《たっけい》に処せられた。⑮

その後、「実録本『油井根元記』（一六八二年序）、『慶安太平記』（幕末成立）などのほか、講談でも早くから事件を潤色、丸橋忠弥は主要人物の一人として描出された。[16]」という。

「風流座」での、この芝居の見どころについて次のように記している。

就中「堀端」は、赤合羽の浪人姿の忠彌が、酔にまぎらせ、煙管で江戸城の堀の深さを測るところへ、下城の松平伊豆守がそつと近づき傘を差しかける画面の見得、主役がいかにも儲かるように出来た芝居です。[17]

古家新 伊豆守

第二幕は、もともとの演目通りで、松平伊豆守が最も目立つ役割の芝居である。松平伊豆守を演じた古家新は、このように述べている。

丸橋忠彌にぞんぶん芝居をさせておいて、最後の五分間で、それをさらつて幕を閉める伊豆守とゆう役は、たとえ風流座の役者といえども垂涎おくあたわざるもの、しかし、せりふも動きも少いこの役を、誰がこう注文通りにうまく取入れることが出来るか——などと見得をきつてみても、これには全然自信がない。[18]

一方、丸橋忠彌を演じた長谷川幸延は、

升田家（寿美蔵）は、主として左団次の型を教へてゐるやうですが、在来、私などの見なれている河内家の型も参酌し、初日は延若、二日目は左団次、三日目は新しい工夫という行き方でやります。酔つ払ひの型は、何んといつても此方が家元ですから――。

　捕物まで見せてはという向もありますが、時間の関係でやめました。堀端だけでも、寿三郎や、訥子、仁左エ門など、忠彌をやる人は一応私のを見ておいて参考にするさうです。[19]

長谷川幸延は、第一回目と同様、第二回目も自信満々であった。

伊豆守

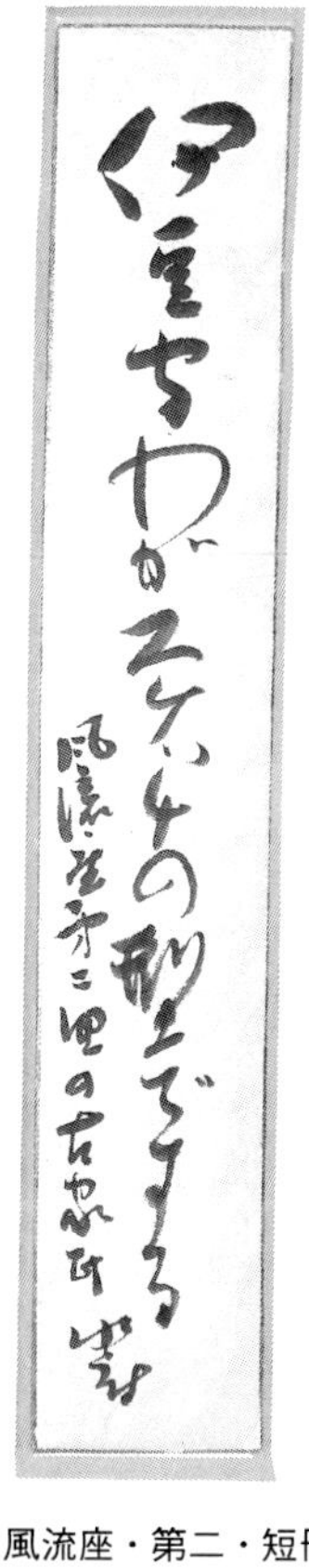

風流座・第二・短冊・古家新筆

古家新画

次に、「第三　仮名手本忠臣蔵六段目　勘平切腹の場」である。勘平が撃った男はもしやおかるの父親だったのではないかと不安になり、切腹してしまう場面である。勘平の死後、勘平の潔白が判明する。「劇壇では藝題に語つたら「忠臣蔵」という程、重宝がられた代表的名狂言、どの幕も仇はないなかに、一際興味深いのは六ツ目の「勘平住家」である。（中略）人、景揃つて何といつても「忠臣蔵」中の圧巻（中略）親与市兵衛を殺して金を奪つた夜盗定九郎を猪と間違えて二つ玉で打ち殺ろし、勘平が偶然親の敵を打つたのを見物は知り乍ら舞台の人物はそれと知らずに悲劇を押し進めて、ハラ〳〵させる作者の技巧がにくい[20]」とある。

勘平を演じた鍋井克之は、このように記している。

> 勘平の役は、沢山見ています。前の羽左、六代目は勿論、先代の仁左エ門、近くは寿海、又遠くて、珍らしいのは、松島八千代座にての梅之助、大阪式では先代雁治郎等々ですが、これだけのをパレットの上でまぜ合せ、どんな色が出るかといふところがおなぐさみです。うぬぼれやら、コワゴワやら、このカクテル、十分観客を酔さねばならぬと、夜もおち〳〵眠れません。呵々[21]。

勘平・古家新画

おかる・古家新画

また、千﨑彌五郎を演じた長沖一は「昨年の「だんまり」の武者修行には参りました。台詞のないのはよいが、一つ一つの動作が地方にあつて、しかも他の人とぴたり合わねばならず、ここで足を出し、手を振つてと思つているうちに、どんどん進行して、後手ばつかり引いてしまう。首を振つて見栄を切れといわれても、そう心易く首が動きません。全く歌舞伎は苦手です[22]」と述べ、昨年演じた時の難しさを語っている。一方、本年の、千﨑彌五郎については、

今年は二人武士の千﨑彌五郎で、また編笠。ベテラン平佐氏の郷右衛門さんについてゆけばいいので、いくらかは気は楽ですが、それでも鍋井座長の勘平さんとのからみがあつて、どんなことになるやら、演つてみないとわからない。下手は下手なりに、焼くそでやらねば仕方があるまいと覚悟はしているが、あんまり熱演して、刀で鍋井さんの頭でも叩いたりしないかと心配です。うまく行きましたらおなぐさみ、まるで手品をするような気持で、うぬぼれどこではござりません[23]。

と語っている。文士劇の困難さが伝わってくる。長沖が「ベテラン」という平佐は次のように述べる。

風流座を静止すると奇現象が一つあるのに驚く。大幹部俳優ばかりで、大部屋役者のないことだ。それが証拠に日常「先生」をつけて尊敬する人達ばかりだから面白い。そこへ今年から新入生として、私が飛び込んで大部屋が一人出来た。拝受した役が忠臣蔵六つ目の郷右エ門で二度びつくり。おまけに先生方を喰つてしもう魂胆は心臓。本番であがることうけ合い、この意気で丁度い丶かもしれぬ。本当は何処迄も脇役なの

だから、ヘボはヘボなりに人知れず苦心の程は我ながらいじらしい(24)。

大物の先生方を前に、ユーモアたっぷりに自分自身の俳優精神を語っている。母親　おかや役の藤間竹遊は、

去年は裸の飛脚、今年はお婆さん、六段目登場人物中最年少の私がお婆さん鍋井克之の聟殿、誰がしても後見役で控目にと云うて難しい役。あゝでもない、こうでもない考えるばかりでセミプロと云うだけに、自惚て楽しめる余地は全々ない。唯一の楽しみは鍋井先生の聟殿の髻を取つていぢめられる此の一ツ、大きな楽しみ役としての苦しみ。やつぱり裸のほうがいゝナ、去年の役へのノスタルヂア(25)。

藤間竹遊は、今年のおばあさん役より、第一回の「裸の飛脚」の方が良かったようだ。また、一文字屋お才を演じた坂本嘉江は、

歌舞伎の美しさは女形と言う特種な存在があつてこそいいので、歌舞伎に女優さんが出たらぶちこわしです。私は今度、一文字屋お才という役をもらつて、いつたい私の女の体から女形の色気が出るものかどうかと心配しています。幸なことに、私は日頃、体格といい性質といい、女らしくないと言われますから、せいぜい公演まで男らしくなることに骨折つて、女形の色気をおめにかけたいものだと思つています(26)。

「風流座」では、歌舞伎に女性が出演するなど、自由闊達なやり方だった。一方、狩人めつぽう彌八を演じた古

家新は、「六段目の「めつぽう彌八」は、ぞくぞくするほど楽しい。「来たぞや〳〵」から始まつて「笑止、笑止」と引つ込んでゆくまで竹中君と二人で、充分遊んでやろうと思ている[27]」と述べている。演じるにあたり、楽しんだり、不安になったり、素人ゆえの、面白さや悩みがそれぞれあったのだろう。「風流座」の雰囲気を、竹中郁は次のように記す。

子供のころに近所の友だちと芝居ごつこをするのは、誰しもやることで、大人になつて、たまたま生計に追われてしまうと、そんなたのしい模倣性は大ていの人から消えてしまう。
風流座の人たちは、それが消えない人たちで、わたしもその一人である。消えないどころか、ますます燃えさかる人たちだから、おもしろい。しかし、風流座はあくまで模倣性の限界でとどめおくに限る。そこを越すと、たのしみは消えてくるしみとなる。自戒。自戒[28]。

「風流座」は、子供がするようなごっこ遊び的な要素を兼ね備えていたようだ。

さて「第四　金色夜叉一幕」である。おなじみ、「金色夜叉」は、明治三〇〜三五年に『読売新聞』、『新小説』に発表された尾崎紅葉の、未完のベストセラー小説である。金のために許嫁の鴫沢宮が資産家の富山唯継と結婚することを知った間貫一が、高利貸になって宮や社会に復讐しようとするストーリーである。

金色夜叉・古家新画

「熱海の海岸散歩する貫一お宮の二人連れ……」その艶歌師の唄で知られた、「己ケ罪」「不如帰」と共に興隆期の新派劇の独参湯となつた、尾崎紅葉山人の傑作、失恋から物資に走る貫一の気持が現代人にも共感があるので、相変らず上演されているが、ヤマは何といつても、「熱海の海岸」(29)。

との宣伝が、第二回「風流座パンフレット」に記されている。間貫一を演じた宇井無愁は、次の如く述べる。

去年は「恋愛病患者」でどなり通しの大学生をやらされたが、今年の貫一もまた一場中どなり通しで、息を休めるひまのないしんどい役である。それに去年は「だんまり」の若衆でいさゝかいい気持ちにもなれたが今度は老役の舅藤次郎で幸延君の忠彌につき合うので、一そう肩がこる。しかし貫一は本格新派で一生懸命にやります――などと書くとミツワの広告になりそうだから、このへんでやめよう(30)。

お宮を演じた船越かつ美は、次のように記す。

去年の初舞台は平は恋愛病患者の妹娘でせりふはたつた一言しかなかつたので何となくごまかしてすませましたが、今年は大変、金色夜叉のお宮という大役です。大分泣く処がありますがこの方は去年一ケ月掛つて泣く練習を積んでありますから自信満々。さてこのお宮さんいやにドツシリしていて貫一さんの方がヒヨロヒヨロしてるのでお宮が貫一を蹴飛ばすんだろうと皆楽しみにしているようですが、どういたしまして見事に蹴られてお目にかけますからどうかご期待を(31)。

さらに、母親タカを演じた小川月舟は、このように語っている。

私の講演はいつもモデルに演出を与え乍らやる。今度の芝居では厳格な演出の型にはめられて、ぎうぎう云わされている、因果応報である、非常な自信と（野心？）絶対の不安とが一緒になつていて、やはり一年生の初舞台らしい憧憬で一杯だ、まあその辺を買つて頂きたいのである。この年でこういう初々しい気分になれるのも有難いことだ。大心臓名優連に挟まつてさぞ苦労の多いことだろう。[32]

小川月舟は、野心と不安が入り混じる中で演じていたのだろう。最後は、「大喜利に風流座の面々総出で賑かに「かつぽれ」ではしやぎます[33]」と述べる「第五　風流座かつぽれ」である。「かつぽれ」の由来は次のようなものだと言う。

かつぽれという踊は住吉踊りから変化したといわれる、住吉踊りは大阪の皆様は先刻御承知、中央に一人が長柄の二蓋傘に晒木綿を垂れたのを持つ、七、八人の腰衣の男が団扇を持つて「心」という字を描き乍ら踊る、これが江戸山王祭と神田祭には大神楽と共に現われ、振面白く踊つて喜ばれた、後に腰衣はなくなり染浴

金色夜叉写真

衣に平ぐけ帯という粋な着附になり、頭は依然坊主で、明治時代では梅坊主が最も有名です。
これを始めて芝居の所作事に取り入れたのは、明治十九年一月新富座の「初霞空住吉」常磐津連中、河竹默阿弥作、花柳寿輔がわざわざ梅坊主の教えを乞うて振をつけたものです。その時の役者は九代目団十郎、左団次、小団次、団右衛門、秀調、源之助等で、当時の活歴一点張りで動かぬ渋い芝居を見せていた堀越がこの軽妙洒落な「かつぽれ」を踊つたので、今まで活歴を押つけられて辛気臭がつていた見物はすつかり嬉しがつたということです。
珍妙な坊主名を名乗つた連中が、いろ〳〵即興的な藝廻しをやるらしいから、どこまで脱線するかゞ興味でしよう。(33)

以上が、第二回の「風流座」の公演演目と俳優の感想などである。宇野浩二は、自分は「風流座の皆勤生」だと述べ「第一回と第二回と第三回の公演を一度も欠かさず見てゐる」とし、「風流座―第四回公演に際して―」で、次のように語っている。

たしか、第二回の公演の時の、勘平切腹の場面の段の場でいへば、寿美蔵は『黒ん坊』になって幕のあいてゐる間は、或る時は、勘平の後にまはり、他の時は、お軽の母の後にまはり、千崎弥五郎が出れば、すぐ、弥五郎の後にまはって、仕種を教へ、セリフをつける。それで、寿美蔵は、風流座が公演してゐる間は、幕があいてゐる間は、出てゐる俳優たちの後をネズミのやうに駆けまはり、幕がしまると、楽屋で俳優たちにいろいろと注意をあたへる。つまり、風流座の連中は、大へん失礼な云ひ方であるが、寿美蔵がなければ、殆んど芝居が出来ないかもしれないのである[34]。

寿美蔵という有能で熱心な指導者のおかげで、素人で苦労しながらも「風流座」の俳優たちは、なんとかうまく演じきれたのであろう。また、宇野は、次のようにも言う。

風流座の人たちは、寿美蔵といふ熱心な指導者を持ってゐるために、素人としては珍しいほど、歌舞劇が大過なく出来るのであらう。さうして、それは、風流座の人たちが、芝居をすることに、（決しておだてて云ふのではない）、異常な情熱を持ってゐるからであらう[35]。

「風流座」の俳優たちは文士や画家達が多く、演劇に関しては熟練していなかったが、いかに情熱をかけて演じていたかが伝わるのである。川柳作家の岸本水府は、「とちるのは今か今かと風流座」「掛声に先生がつく風流座[36]」という川柳を作っているが、素人劇団ゆえにとちりそうで、はらはらドキドキしながらも指導者がいつも見守りながらなんとか成功に導いていたのであろう。

（舞台稽古・左より市川寿海、平佐・鍋井・南田）

舞台稽古

終わりに

本稿では、風流座の第二回公演について論じて来た。第一回に続き、第二回公演でも、座長の鍋井克之をはじめ、竹中郁、長谷川幸延、宇井無愁、上村松篁、長沖一、古家新、岸本水府など、大阪を代表する多くの画家や文士達が集まって素人演劇を成功させようと熱意を持って取り組んでいたことがわかった。素人ながらも一つの芝居をやりとげるために、大阪の芸術家たちが一致団結する姿と交流の様子が「風流座」を通して浮かび上がってきた。「風流座」は昭和大阪の貴重な文化なのである。

注

(1) 拙稿「昭和大阪の文士劇「風流座」第一回公演」(『近代大阪文化の多角的研究』平成二十九年三月、関西大学なにわ大阪センター)、拙稿「昭和大阪の文士劇「風流座」第一回講演補遺―「与話情浮名横櫛＝源氏店」に関する画家古家新史料を中心として―」(『関西大学東西学術研究所 創立七〇周年記念論文集』令和四年三月、関西大学東西学術研究所)
(2) 今日出海『風流座第一回パンフレット』(昭和二十六年五月二、三、四日) 八頁
(3) 向井潤吉「風貴亭古家新君のこと」(『早稲田大学坪内博士記念演劇博物館』五十一号、昭和五十九年四月)
(4) 橋爪節也「大大阪の画家たち (第5回) 鍋井克之の「大阪ぎらい物語」と風流座:〝大阪魂〟に葛藤する洋画家」『やそしま』第十四号、関西・大阪21世紀協会、上方文化芸能運営委員会、令和二年十二月
(5) 竹中郁「つらい方が先に立つ」(『風流座第一回パンフレット』)(同) 一〇頁
(6) 長谷川幸延「役不足です」(『風流座第一回パンフレット』)(同) 十三頁

（7）上村松篁「「心臓」で出る」（『風流座第一回パンフレット』）（同）五頁
（8）宇井無愁「絵本大根記」（『風流座第一回パンフレット』）（同）四－五頁
（9）宇野浩二『思ひがけない人』（昭和三十二年四月二十五日、宝文館）
（10）『風流座第二回パンフレット』（昭和二十七年五月三、四、五日）
（11）『風流座第二回パンフレット』（同）
（12）『風流座第二回パンフレット』（同）
（13）岸本水府『風流座第二回パンフレット』（同）
（14）『風流座第二回パンフレット』（同）
（15）『世界大百科事典』第二版（平成十年十月、平凡社）
（16）15に同じ
（17）『風流座第二回パンフレット』（同）
（18）古家新「風流座うぬぼれ帖」（『風流座第二回パンフレット』）（同）
（19）長谷川幸延「風流座うぬぼれ帖」（『風流座第二回パンフレット』）（同）
（20）『風流座第二回パンフレット』（同）
（21）鍋井克之「風流座うぬぼれ帖」（『風流座第二回パンフレット』）（同）
（22）長沖一「風流座うぬぼれ帖」（『風流座第二回パンフレット』）（同）
（23）同右
（24）平佐良雄「風流座うぬぼれ帖」（『風流座第二回パンフレット』）（同）
（25）藤間竹遊「風流座うぬぼれ帖」（『風流座第二回パンフレット』）（同）
（26）坂本嘉江「風流座うぬぼれ帖」（『風流座第二回パンフレット』）（同）
（27）古家新「風流座うぬぼれ帖」（『風流座第二回パンフレット』）（同）
（28）竹中郁「風流座うぬぼれ帖」（『風流座第二回パンフレット』）（同）
（29）『風流座第二回パンフレット』（同）

（30）宇井無愁「風流座うぬぼれ帖」（『風流座第二回パンフレット』）（同）
（31）船越かつ美「風流座うぬぼれ帖」（『風流座第二回パンフレット』）（同）
（32）小川月舟「風流座うぬぼれ帖」（『風流座第二回パンフレット』）（同）
（33）『風流座第二回パンフレット』（同）
（34）宇野浩二「風流座―第四回公演に際して」（『風流座第五回パンフレット』昭和三十年十二月三日、四日、五日）十二～三頁
（35）同右
（36）岸本水府「風流座」（『風流座第五回パンフレット』）（同）九頁

【付記】

本稿では、鍋井克之氏ご令嬢木村澪子様より寄託された風流座史料と、関西大学なにわ・大阪研究センターに寄贈された古家新様の史料の一部を活用させていただきました。関係者のご遺族の皆様に厚く御礼申し上げます。また、古家氏の史料に関して撮影協力をしてくれた松山哲士氏に感謝します。

Poets of Passion:
Kenji Miyazawa and Gerard Manley Hopkins

TAKAHASHI, Miho

I

This paper attempts to compare Japanese Buddhist poet Kenji Miyazawa (1896-1933) and English Catholic poet Gerard Manley Hopkins (1844-89), and explore their devotion to Buddha/God and Nature.

At first glance, the two poets may look too different to be compared, born as they were in different eras and countries, and spending their devotional lives in different ways. However, there are significant similarities in their lives and literary work. Mainly focusing on Kenji Miyazawa, this paper will address the following two points: the connection between their life and religion; and the relation between their religious devotion and their companionship with nature. According to the Japanese custom of calling famous writers by their first name, Kenji Miyazawa shall be referred to by his first name Kenji alone.

Kenji was the most respected and beloved poet and fiction writer in the last century in Japan. His best-known poem 'Ame nimo makezu' (「雨ニモマケズ」 written on 3rd November 1931) is one of the poems that all Japanese school pupils have memorized for decades. With a reference of an English translation for the English readership,[1] let us start with this:

1) This is a revised version of my article 'Faith in Nature: Kenji Miyazawa and Gerard Manley Hopkins' for *Eibeibungaku-Eigogaku-Ronshu* [*Kansai University Studies in English*

Strong in the rain
Strong in the wind
Strong against the summer heat and snow
He is healthy and robust
Free from desire
He never loses his temper
Nor the quiet smile on his lips
He eats four *go* of unpolished rice
Miso and a few vegetables a day
He does not consider himself
In whatever occurs….his understanding
Comes from observation and experience
And he never loses sight of things
He lives in a little thatched-roof hut
In a field in the shadows of a pine tree grove
If there is a sick child in the east
He goes there to nurse the child
If there's a tired mother in the west
He goes to her and carries her sheaves
If someone is near death in the south
He goes and says, 'Don't be afraid'
If there are strife and lawsuits in the north
He demands that the people put an end to their pettiness
He weeps at the time of drought

Linguistics and Literature] Vol.10 (March 2021), on the basis of my lecture «La foi en la nature: Kenji Miyazawa e Gerard Manley Hopkins», invited by Atelier de recherche en écocritique et écopoétique, at L'Université de Perpignan Via Domitia, France, on 20th March 2018. The original idea is based on the paper in Japanese: 'Self, Nature, Devotion: Kenji Miyazawa and Gerard Manley Hopkins' in *Bulletin of Tenri University*, Vol.223 (2010), 1-20.

He plods about at a loss during the cold summer
Everyone calls him Blockhead
No one sings his praises
Or takes him to heart…

That is the kind of person
I want to be

(trans. Roger Pulvers)

Originally this poem has no title, and was sometimes called 'November 3rd' for the date when the poem was written. The poem was found posthumously in a small black notebook in one of the poet's trunks. To most Japanese, this poem is directly connected to Kenji's image of humility, and of dedication and devotion to his faith, and his deep love of nature.

Nature in Kenji's works originates from his native land Iwate. Kenji loved Iwate and its people. For the local farmers he once practiced a kind of 'farm and art' movement. This area has a history of being struck by natural disasters, and was terribly attacked and devastated by the earthquake and tsunami in 2011. Kenji's poems were recited to express deep sympathy for the victims and their families and friends.

Comparing Kenji with Hopkins, it would be helpful to briefly summarize the period in which the two poets lived and the life they lived. Kenji was born in 1896, in Iwate, and died of tuberculosis in 1932, at 37 years old, also in Iwate. Kenji called his envisioned utopia 'Īhatōbu,' named after the prefecture and meaning 'the heart/core of Iwate.'

Iwate is located in the northern part of Japan. During Kenji's lifetime, and throughout most of the 20th century, Iwate was often referred to as 'the Japanese Tibet,' implying poverty and a lack of development. And like Tibet,

its people have both a religious and rebellious spirit. In 1936, after Kenji's death, one of the most famous coups d'états in Japanese history was carried out. The main leader was from Iwate. Kenji also had a religious and rebellious spirit. He knew that he was out of step with his times, and was aware that people thought him highly eccentric. Eccentricity is also common to Hopkins.

II

Hopkins himself was born in 1844, in Victorian London, and died of typhoid fever in 1889, in Dublin, away from home, at the age of 44. He died totally unknown. People around him regarded him as just a difficult and eccentric Jesuit priest and professor of classics.

One of the biggest events in the lifetime of Hopkins was his conversion to Catholicism while growing up in an established, ardent Anglican family. Along with Victorian Imperialism, the progress of science and industrialization led to the 'retreat' or even the so-called 'death' of the Christian God, as in Europe. The Oxford Movement or Tractarianism was one of the counter-reactions. Hopkins studied classics at Oxford from 1863 to 1867, and then got involved with the movement. He was received by Newman into the Roman Catholic Church in 1866 when he was 24.

From childhood Hopkins hoped to establish himself as a poet and painter, like the Pre-Raphaelites, but after converting to Catholicism, he started questioning the compatibility of his art and his faith. Then, on the day when he decided to enter a Jesuit novitiate, he burnt all his poems to God as a sacrifice. Subsequently, he regarded passion for poetry as a dangerous temptation jeopardizing his faith, and stopped writing poems except at the request of the Society of Jesus. However, in 1875, seven years after entering the order, Hopkins was shocked at the martyred shipwreck of five Franciscan

nuns who were forced to leave Germany by the Falk Laws. As a result, he completed his masterpiece 'The Wreck of the Deutschland' (written from December 1875 to January 1876), and returned as a devotional poet. After 'The Wreck of the Deutschland' Hopkins imposed on himself the role of reviving the glory of God through his poetry, amid his contemporaries' skepticism about God. For example, his 'God's Grandeur' (written in 1877) is filled with pure praise to God and to His creations in nature:

The world is charged with the grandeur of God.
It will flame out, like shining from shook foil;
It gathers to a greatness, like the ooze of oil
Crushed. Why do men then now not reck his rod?
Generations have trod, have trod, have trod;
And all is seared with trade; bleared, smeared with toil;
And wears man's smudge and shares man's smell: the soil
Is bare now, nor can foot feel, being shod.
And, for all this, nature is never spent;
There lives the dearest freshness deep down things;
And though the last lights off the black West went
Oh, morning, at the brown brink east ward, springs—
Because the Holy Ghost over the bent
World broods with warm breast and with ah! bright wings.

('God's Grandeur': 1-14)

The difference and imperfection of the dappled things is what Hopkins appreciates most in nature. Generally, the concept of 'dapple' has a negative meaning, such as 'magpie.' However, to Hopkins, the harmony of the dappled things in nature, untainted by humanity, is the manifestation of God's beauty,

as seen in his poem 'Pied Beauty.' He grasps 'dapple' in an affirmative meaning. Kenji also found 'dappled' beauty in nature when he described a landscape melting into snow in his poem 'Go-Rin-Tōge' (「五輪峠」[Five Rings' Pass] written on 24th March 1924):

Here, already, snow is falling on and on
Like dust, like ash, 'tis snowing on and on
Azaleas, Quercus shrubs,
And black heated stones,
All are together in dapple.

('Go-Rin-Tōge': 46-50; my translation)

In the poem Kenji repeats the number 'five' as Hopkins does in his 'The Wreck of the Deutschland,' exemplifying their shared, frequent use of numbers. Numbers indicate not only scientific accuracy but also mystical meanings in their works.

Returning to the topic of Kenji's life, Kenji was likewise brought up in a dedicated religious—Jōdo Shinshū—family. Jōdo Shinshū is one of the mainstream Buddhist schools in Japan, like the Anglican Church in England. Kenji entered a nationalistic sect of Nichiren Buddhism called Kokuchū-kai [National Pillar Society; 国柱会] in 1920 when he was 24, the same age Hopkins converted. Kokuchū-kai was a fascist-leaning patriotic Buddhist organization. This group was founded in the 1880s by a charismatic preacher, and spread rapidly because of their aggressive proselytizing philosophy.

While this sect is keen on proselytizing, the general Japanese Buddhist schools/sects are not. In the aspect of active missionary work and proselytizing, the situation of the Nichiren sect in Japanese Buddhism is equivalent to that of the Society of Jesus in the Catholic Church. Both took the lead in a

missionary campaign and succeeded in propagating themselves not merely domestically but also internationally.

The rise of the Kokuchū-kai sect was also a counter-reaction against the anti-Buddhist movement which had arisen at the beginning of the Meiji era. The time when Kenji lived was quite similar to Hopkins' era. The rise in the imperialism in Japan accompanied the development of an industrialized society and the rise of the middle class, while an epidemic of nihilism and a decadent atmosphere prevailed in society. In such an era, both Kenji and Hopkins kept their religious faith for the rest of their lives.

Regarding their respective biographies, the most interesting coincidence to us is that these two poets and their works were acknowledged and appreciated in the 1930s, at almost the same time. Hopkins established his fame as a poet after the second edition of his *Poems* in 1930, almost 40 years after his death. Kenji was also acknowledged posthumously, but unlike Hopkins, became widely recognized and appreciated shortly after his death, in the 1930s.

At this time the world was divided politically and economically after the Great Depression (1929); Nazism emerged in Germany, and the Second Sino-Japanese war broke out in 1937. The whole world was moving rapidly toward the Second World War. It seems no simple coincidence that these two poets were appreciated in such a drastic time, especially because their faith is the main subject of their poetry. Both considered their writing more in religious than aesthetic terms; and both shared the aspect of returning to the community. Hopkins' activities, including writing devotional poetry, were based on religious practice as a member of the Society of Jesus. Similarly, Kenji's activities were based on Nichiren Buddhist practice as a member of Kokuchū-kai, as well as his Īhatōbu art and farm movement in Iwate. It could be said that their works were *needed* in order to substitute for what people of the time

had lost in the 1930s.

III

Now, let us move to the two main themes in their poetry: faith and nature.

Kenji's position in modern Japanese literature is quite unique, as Roger Pulvers points out (Pulvers 15). Many critics and readers have categorized his work as fantasy, or children's literature. Yet the essence of his oeuvre is not pedagogy, nor imagination, but Buddhism. There are other authors who have been greatly inspired by Buddhism, such as Yukio Mishima (1925-70). Buddhism for Mishima is a philosophical background, while for Kenji, Buddhism is central – in the same way as Christianity/ Catholicism is central to Hopkins. Devotion to faith is at their core and constitutes their essence.

However, we must note that Kenji's Buddhism, being of the Nichiren sect, is not part of the mainstream of Japanese Buddhism. It was founded in the 13th century by a priest called Nichiren, who put the Lotus Sutra (Hokke-kyō) at the centre of his faith, and preached that every individual can attain enlightenment. When Kenji privately published his poetical collection *Spring and Asura* (『春と修羅』1924), he wrote a poem as its preface. In the first stanza he says:

The phenomenon called I
is a single blue illumination
Of a presupposed organic alternating current lamp
    (a composite body of each and every transparent spectre)
The single illumination
Of karma's alternating current lamp

Remains alight without fail
Flickering unceasingly, restlessly
Together with the sights of the land and all else
(the light is preserved...the lamp itself is lost)
('Preface to *Spring and Asura*': 1-10; trans. Roger Pulvers)

Kenji calls himself *Asura* [阿修羅] : an image of bloody fights or fighters, or state of fury, a fighting figure somewhere between human beings and beasts. Kenji's life was full of struggles, like Hopkins'.

This 'single illumination' idea reminds us of Duns Scotus' idea of 'this-ness' (*haecceitas*), which Hopkins was much inclined to. Since founding the Scotist 'this-ness' theory in 1872, Hopkins had been committed to Scotus. But Scotism is not compatible with Neo-Thomism which the Jesuits consider their 'official' philosophy. Hopkins' inclination to Scotus disparaged his reputation and position in the Society, eventually sending him to Dublin. Yet before his 'expulsion,' Hopkins happily praised the 'this-ness' of God's creations in his sonnets, for example, in 'As kingfishers catch fire' (undated; perhaps written around 1881-82):

As kingfishers catch fire, dragonflies draw flame;
As tumbled over rim in roundly wells
Stones ring; like each tucked string tells, each hung bell's
Bow swung finds tongue to fling out broad its name;
Each mortal thing does one thing and the same:
Deals out that being indoors each one dwells;
Selves —— goes its self ; *myself* it speaks and spells,
Crying *What I do is me: for that I came.*
('As kingfishers catch fire': 1-8)

As seen in 'God's Grandeur,' the differences and imperfections of creations are what Hopkins appreciates most in nature. Hopkins loved observing natural phenomena. He even contributed to *Nature* magazine about some strange phenomenon that he had observed in the sky. To record his observations, Hopkins left many drawings and sketches of sky, clouds, water bodies, trees, leaves, and so on, in his journals and letters.

Kenji also considered himself a recorder and inspector of nature. He was a teacher of science, and believed in the strictest methodologies of observing and recording natural phenomena, as he writes in the poem 'The Landscape Inspector' (「風景観察官」 written on 25th June 1922):

> That forest
> has too much verdigris piled into it.
> I might overlook it if the trees were in fact like that,
> and it may be partly due to the Purkyně effect,
> but how about
> arranging to have the clouds send a few more olive-yellow rays?
>
> Ah what a commendable spirit!
> The frock coat shouldn't only be worn
> in the stock exchange of parliament.
> Rather, on a citrine evening like this,
> In guiding a herd of Holsteins
> among pale lances of rice,
> it is most appropriate and effective.
> What a commendable spirit!
> Yes, his may be beancake-colored, tattered,
> and a trifle warm,

but the serious manner in which he stands erect,
such a pious man in the landscape,
that's something I have never seen before.
(‘The Landscape Inspector’; trans. Hiroaki Sato)

In this way both Kenji and Hopkins maintain both a scientific eye on nature and spirituality in nature. Kenji rather regards himself as a medium for the reprocessing of nature: that is, the natural phenomena of light, wind and rain are processed through his representations of them.

IV

Kenji had a younger sister named Toshi. According to Kenji, she was his ‘sole companion in the religious journey’ (‘The Voiceless Wails’;「無声慟哭」written on 27th November 1922, immediately after Toshi's death). After Toshi died of tuberculosis at 24, Kenji felt even closer to nature, or to Toshi in nature, and communicated with her mentally and physically through nature. It is not what is called ‘incestuous’ acting but rather acting on the basis of compassion and empathy through closeness to nature, or throwing oneself into nature. In the poem ‘If I Cut Through These Woods’ (「この森を通りぬければ」written on 5th July 1924), the speaker hears the voice of his dead sister coming from the edge of the woods:

If I cut through these woods
The path will lead me back to that winter wheel
The birds are crying dazzlingly
They may be a flock of migrating thrushes
With the southern edge of the Milky Way exploding

Radiant white throughout the night
With the fireflies screaming as never before
And, on top of that, the wind ceaselessly rocking the trees
The birds, agitated, unable to sleep
Are naturally making an awful racket
. . . . . .
When the fireflies fly in ever greater chaos
The birds' cries become denser
I hear the voice of my dead little sister
Coming from the edge of the woods

(‘If I Cut Through These Woods’: 1-10, 31-34; trans. Roger Pulvers)

Here ‘birds’ become a symbolic figure of spirit. The poems ‘White Birds’ (「白い鳥」 written on 4th June 1923) and ‘Transition of a Bird’ (「鳥の遷移」 written on 21st June 1924) also talk about birds and spirituality. In ‘White Birds,’ Toshi shows up in the form of birds:

Two large white birds fly
calling to each other sharply, sorrowfully
in the moist morning sunlight.
They are my sister,
my dead sister.
Because her brother has come, they call so sorrowfully.

(‘White Birds’: 13-18; trans. Hiroaki Sato)

Among the creations of nature, birds are special to Hopkins, too. In Hopkins' famous ‘The Windhover’ (written on 30th May 1877), a bird, a falcon, is sanctified as a symbol of Christ:

I caught this morning morning's minion, king-
    dom of daylight's dauphin, dapple-dawn-drawn Falcon, in his riding
    Of the rolling level underneath him steady air, and striding
High there, how he rung upon the rein of a wimpling wing
In his ecstasy! then off, off forth on swing,
    As a skate's heel sweeps smooth on a bow-bend: the hurl and gliding
    Rebuffed the big wind. My heart in hiding
Stirred for a bird, – the achieve of, the mastery of the thing!

('The Windhover': 1-8)

A falcon rises burning in flame, like 'as kingfishers catch fire,' flying as an incarnation of Christ, riding on the wind. In Hopkins' poetry, a bird is a symbol of a soul, but finding the appearance of Christ in a bird (as an inscape) is perhaps unique to Hopkins, or even an essential aspect of his devotional poetry.

In 'White Birds' Kenji mentions that birds have been thought to be human souls from ancient times in Japan. Such a devotional development or sublimation of the bird image as 'The Windhover' is not seen in 'White Birds' but in Kenji's short story 'The Nighthawk Star' (「よだかの星」 written around 1921; posthumously published in 1934). This story tells of the 'self-sacrifice' of an ugly 'dappled' nighthawk which finally becomes a bright star in the sky.

The ultimate theme in common of Kenji and Hopkins is the 'self-sacrifice' in each devotional life. Both suffered and agonized in their last years. After being effectively exiled to Dublin, Hopkins felt isolated and abandoned by God, and wrote a group of poems called 'Terrible Sonnets.' One of them, he said in a letter, was 'written in blood': in 'Carrion Comfort' (written around 1885) Hopkins was full of 'Despair,' and asking for God as if he were Job.

Kenji suffered from his destiny and his fatal disease, tuberculosis. There are a number of poems showing his agony. One of them, 'Talking with Your Eyes,' (「眼にて云ふ」 written between August 1928 and 1930) says that he cannot speak because blood comes up all the time. Then, he talks to people through eye contact. Even on his deathbed, Kenji was trying to help people, happily sacrificing himself for others. His struggle was with his internal own *Asura*. Yet Kenji and Hopkins shared an absolute conviction that death is not final, that life itself is only the briefest state, and that instant of life is a spark.

V

After the desolation of the 'Terrible Sonnets,' Hopkins wrote his longest sonnet titled, 'That Nature is a Heraclitean Fire and the Comfort of the Resurrection' (written on 26th July 1888), singing about the hope after overcoming the living agony in this world. This sonnet is evaluated as a kind of summary of the totality of Hopkins' poems, a beautiful mixture of Greek philosophy and Christianity. Here the 'this-ness' of the human figure indicated the completeness of God. The immortality of the human spirit is depicted as a 'diamond,' reflecting the immortality of God:

Cloud-puffball, torn tufts, tossed pillows | flaunt forth, then chevry on an air-
Built throughfare: heaven-roysterers, in gay-gangs | they throng; they
glitter in marches.
Down roughcast, down dazzling whitewash, | wherever an elm arches,
Shivelights and shadowtackle in long | lashes lace, lance, and pair.
Delightfully the bright wind boisterous | ropes, wrestles, beats earth bare
Of yestertempest's creases; | in pool and rutpeel parches

Squandering ooze to squeezwed | dough, crust, dust; stanches, starches
Squadroned masks and manmarks | treadmire toil there
Footfretted in it. Million-fuelèd, | nature's bonefire burns on.
But quench her bonnisest, dearest | to her, her clearest-selvèd spark
Man, how fast his firedint, | his mark on mind, is gone!
Both are in an unfathomable, all is in an enormous dark
Drowned. O pity and inding | nation! Manshape, that shone
Sheer off, disseveral, a star, | death blots black out; nor mark
Is any of him at all so stark
But vastness blurs and time | beats level. Enough! The Resurrection,
A heart's-clarion! Away grief's gasping, | joyless days, dejection.
Across my foundering deck shone
A beacon, at eternal beam. | Flesh fade, and mortal trash
Fall to the residuary worm; | world's wildfire, leave but ash:
In a flash, at a trumpet crash,
I am all at once what Christ is, | since he was what I am, and
This Jack, joke, poor potsherd, | patch, matchwood, immortal diamond,
Is immortal diamond.

Both Kenji and Hopkins have abundant and fresh vocabulary. And the novel charm of their coinages is matched in their style. Hopkins sticks to restricted sonnet form, concentrating and subliming his language. In contrast, Kenji freely adopts words and images as they are, often using onomatopoeia, and makes a collage of fragments that expresses the unlimited universe. It may not be an overstatement to say that the poem 'I shall die soon' (no title, written in February 1929) is a collage of Kenji's religion and science:

(February 1929)

(16)

I shall die soon
    today or tomorrow.
Again, anew, I contemplate: What am I?
I am ultimately nothing other than a principle.
    My body is bones, blood, flesh,
    which are in the end various molecules,
    combinations of dozens of atoms;
    the atom is in the end a form of vacuum,
    and so is the external world.
The principle by which I sense my body and the external world thus
and by which these materials work in various ways
is called I.
The moment I die and return to the vacuum,
the moment I perceive myself again,
in both times, what is there is only a single principle.
The name of that original law is called *The Lotus Sutra of the Wonderful Law*, they say.
All this, because one wants bodhi, one believes the bodhisattava.
By believing the bodhisattava, one believes the Buddha.
Various buddhas are in countless billions, and the Buddha is also the law.
The original law for the various buddhas is yes *The Lotus Sutra of the Wonderful Law*.
    I am devoted to *The Lotus Sutra of the Wonderful Law.*
    Life, too, is the life of *The Wonderful Law.*
    Death, too, is the death of *The Wonderful Law.*
    From this body to the buddha body I shall uphold it well.

(trans. Hiroaki Sato)

As mentioned before, the Lotus Sutra (Hokke-kyō) is the center of Kenji's Nichiren Buddhist faith. Kenji gazed at *Ashura* inside himself, observing the subject from the world of the ego to the phenomenon of nature; while Hopkins praised God and the 'this-ness' of His creations behind the natural phenomena. Both poets patiently and persistently tried to convey something invisible in nature through the power of words, and eventually succeeded in expressing their faith with their own original, 'new-born' poetry after a long struggle.

In conclusion, the core of the fascination of Kenji and Hopkins is similar and simple. They inhabited both religious and scientific realms. At the same time, they formed an ideology of self-sacrifice which eventually created their own original, poetical universe. They had the courage of their convictions, of their 'passion,' like the biblical Job, in their poetry, even in the profound desolation of their last years.

Works Cited

MacKenzie, Norman. H., ed. (1990). *The Poetical Works of Gerard Manley Hopkins.* Oxford, Clarendon Press.

House, Humphry, ed. (1959). *Journals and Papers of Gerard Manley Hopkins,* London, Oxford UP.

Miyazawa, Kenji. (1995-2009). *Shin-Kōhon Miyazawa Kenji Zenshū* (『【新】校本宮澤賢治全集』 The Complete Works of Kenji Miyazawa, a new variorum), Tokyo, Chikuma Shobō.

Pulvers, Roger, ed and trans. (2007). *Kenji Miyazawa Strong in the Rain: Selected Poems*, Northumberland, Bloodaxe.

Sato, Hiroaki, ed and trans. (2007). *Selections Miyazawa Kenji*, Berkley, University of California Press.

【執筆者紹介】（執筆順）

村　田　右富実　　関西大学文学部教授

山　本　登　朗　　関西大学名誉教授、京都光華女子大学名誉教授

関　屋　俊　彦　　関西大学名誉教授

関　　　　　肇　　関西大学文学部教授

増　田　周　子　　関西大学文学部教授

髙　橋　美　帆　　関西大学文学部教授

関西大学東西学術研究所研究叢書 第15号

日本言語文化の内と外

令和5（2023）年3月15日　発行

編著者　村　田　右富実

発行者　関西大学東西学術研究所
〒564-8680　大阪府吹田市山手町3-3-35

発行・印刷　株式会社　遊　文　舎
〒532-0012　大阪府大阪市淀川区木川東4-17-31

ISBN978-4-910433-37-0 C3090

Inside and Outside of Japanese Language and Culture

Contents